新　潮　文　庫

雪　ま　ろ　げ

古手屋喜十　為事覚え

宇江佐真理著

新　潮　社　版

10503

目次

雪まろげ

古手屋喜十　為事《しごと》覚え

落ち葉踏み締める

一

毎朝、新太《しんた》は夜明けとともに本所《ほんじょ》・大横川《おおよこがわ》の業平橋《なりひらばし》の下でしじみを採《と》る。新太が採るしじみは業平しじみと呼ばれ、ぷっくり肥《ふと》っていて味がよいと評判だ。しじみは肝《かん》ノ臓《ぞう》によいと昔から言われているので、酒飲みの亭主を持つ女房どもは味噌汁《みそしる》の実《み》に用いることが多い。

業平しじみと言うからには、在原朝臣業平《ありわらのあそんなりひら》に因《ちな》んでいるのだろう。近くには業平天神《てんじん》という神社もある。あの歌詠《うたよ》みの御仁《ごじん》は都鳥の歌なんぞを残しているから、西国から東下《あずま》りしたことがあったのかも知れない。大昔の本所は大横川から南は遠浅の海で、幾つもの小島が点々と並んでいたという。歌詠みの御仁はその景色に魅《ひ》かれて足を運んだのだろうか。業平の名に因む場所は本所以外にもあるそうだから、真偽のほどはわからない。

明暦の大火以降、本所と深川は掘割の掘削《くっさく》が盛んに行なわれた。竪川《たてかわ》、大横川、北《きた》十間川《じっけんがわ》、横十間川、五間堀、六間堀、割下水《わりげすい》などがそれだ。水路を整備することで舟運の役目は格段に進歩し、また農業用水の確保も容易になったという。茶船《ちゃぶね》、伝馬船《てんません》、肥船《こえぶね》、網船《あみぶね》、釣船《つりぶね》、荷足船《にたりぶね》などが掘割を行き交う。浅草寺《せんそうじ》手前の大川の両岸には幕府の御米蔵《おこめぐら》があり、他国から米を積んで来る船は川岸に横づけし、そのまま御米蔵へ運び込めるようになっている。

人足が米俵を担《かつ》いで船から御米蔵へ運ぶ時、米俵の隙間《すきま》から米がこぼれて川に落ちる。業平しじみはその米を食べるので、肥って味がよいのだそうだ。その伝《でん》でゆけば、業平しじみでなく御米蔵しじみでもよさそうなものだが、水の勢いに押されて、しじみは川下にある竪川に入り、さらに大横川に移動して業平橋までやって来るので、採れた場所の名で呼ばれるという。

本当かどうか、新太にはわからない。そんなことはどうでもいいと思っている。単なるしじみと言うより業平しじみのほうが女房どもに受けがいいので、それだけで十分だった。

新太が業平橋の袂《たもと》から笊《ざる》を持って水に入る時、いつも辺《あた》りに朝靄《あさもや》が立ち込めている。新太と同じようにしじみ売りをしている少年達も何人かいた。だが、乳色の朝靄が立ち込めている内は、ちゃぷり、ちゃぷりと笊でしじみを採る音ばかりが聞こえ、人の姿は朧《おぼ》ろに霞《かす》んでいる。まるで墨絵のような景色だ。

遊ぶ時間が少ない少年達にとって、しじみ採りは格好の競争する機会でもあった。たくさん採れたら、もちろん新太だって嬉《うれ》しい。だが、いつもたくさん採るのは仁助《にすけ》という十四歳の奴《やつ》だ。

新太と同い年だが、身体《からだ》も大きいし、しじみ採りの手際《てぎわ》もいい。新参者の新太は仁助の半分も採れない。得意そうに川から引き上げる仁助の後ろ姿を見て、新太は妬《ねた》ましさと憎たらしさを感じる。

（おいらはいつまでもしじみ売りなんぞしていないぞ。いまにどこか羽振りのよい商家に奉公して、手代、番頭と出世するんだ。お前は一生、しじみ採りをしていろ！）

新太は言えない言葉を胸で呟《つぶや》いている。仁助は朝靄が消えない内に引き上げる。女房どもが朝めしの用意をする時刻に合わせてひと稼《かせ》ぎするのだ。新太はとても真似《まね》ができない。笊の中のしじみは、ほんの少しだ。一貫目（約三・七五キロ）も採れたら上吉《じょうきち》の部類だ。苦労して採ったしじみも椀《わん》一杯で十五文にしかならない。だが、元手がさほど掛からないので、しじみ売りは貧しい少年達の仕事になっていた。

小半刻《こはんとき》（約三十分）もしじみ採りをしていると、東の空から眩《まぶ》しい朝陽が射《さ》して来る。それとともに朝靄も自然に消える。朝靄が出るのは外気よりも水の中のほうがぬくいせいだと、父親が病《やまい》に倒れるまで通っていた中ノ郷横川町《なかごうよこかわちょう》の手習所《てならいどころ》の師匠が教えてくれた。

梅がちらほらと咲き始め、大人はいい陽気になったと言っているが、川の水は痺《しび》れるほど冷たい。外気よりもぬくいとはとても思えなかった。

それでも手習所の師匠の言うことに間違いはないと思う。もっと色々なことを教わりたかった。

新太は勉強が好きな子供だった。論語だって澱《よど》みなく言えたし、暗算も得意だったのだ。だが、病に倒れた父親が一年寝ついて死ぬと、新太は手習所へ通うことができなくなった。新太の下に五人も弟や妹がいては、呑気《のんき》に手習所へ通っていられない。母親を助けて、とにかく食べて行かなければならないのだ。

手習所に行かなくなってから、しじみ売りをしている途中で手習所の師匠と出くわしたことがあった。家の手伝いをして感心だと褒《ほ》めてくれたが、すぐに新太の傍《そば》を離れて行った。以前はもっとあれこれ話をしてくれたのに。優しかったその表情も妙によそよそしく感じられた。もう、月謝も取れない弟子など相手にしたくないのだと思う。うそでも、また手習所へおいで、待っているからと言ってほしかった。これが世の中なのだと了簡《りょうけん》しても、やはり寂しかった。

やがて、新太は岸に上がった。その日もあまりしじみは採れなかった。母親から、何んだい、これだけかいと嫌味を言われるのが辛《つら》い。嫌味を振り払うように、採ったしじみを裏店《うらだな》の土間口に置くと、銭を貰《もら》って四《よ》ツ目《め》橋へ急ぐ。そこには行徳《ぎょうとく》から貝屋がやって来るのだ。はまぐり、あさり、ばか貝（あおやぎ）、さるぼう（赤貝の一種）を買えるだけ買う。行徳の貝屋は新太と同じぐらいの息子がいるとかで、いつもおまけしてくれた。仕入れた貝は母親が剝《む》き身《み》にする。それを深川めしを出す「おたふく」というめし屋に持って行く。近所の魚屋から注文が来ることもある。その他は近所の女房どもがお菜《さい》にするために買いに来る。

母親のおうのは、いつも土間口にしゃがんで貝を剝く。もう一日中、剝いている。めしの仕度や洗濯、掃除は下の妹のおうめとおとめがする。上の妹のおてるは、近所の商家に子守りに雇われて家にはいなかった。

おてるは子守りに行きたくない様子だったが、仕方ないだろ、うちはお父《と》っつぁんが死んでいるんだ、よそとは違うんだよ、わがままは言わないどくれ、とおうのに言われ、泣きながら子守りの奉公に行った。うちに金があったら、いや、せめて父親が生きててくれたら、自分もきょうだいも辛い目を見ずに済んだのだと新太は思う。酒喰らいの父親でも、いないよりいたほうがずっとましなのだ。だから近所の子供達が父親の悪口を並べ立てると新太は殴ってやりたいほど腹が立った。

父親の善助《ぜんすけ》は押上村《おしあげむら》の農家に生まれた。善助は三男だったので、十歳頃から本所の魚屋へ奉公に出た。そこに二十歳《はたち》ぐらいまでいて、奉公先の近所にあった一膳《いちぜん》めし屋の女中をしていたおうのと知り合い、所帯を持った。

松倉町《まつくらちょう》の喜《き》三郎店《さぶろうだな》という裏店に二人は落ち着いた。そこで次々と子供が生まれ、善助が死んだ後も未《いま》だに住み続けている。善助が死んだ時、おうのは、また腹に子を抱えていた。

末っ子の捨吉《すてきち》は善助が亡《な》くなってから生まれた。裏店の女房どもは父親の顔も知らずに生まれた捨吉を不憫《ふびん》がった。おうのは捨吉を産んで十日後には、もう貝を剝き始めた。

善助はおうのと所帯を持つ時、奉公先の魚屋を辞めている。魚屋の主《あるじ》夫婦からおうのと一緒になることを反対されたせいだと、喜三郎店のおすが婆《ばあ》さんと呼ばれていた年寄りが言っていた。

善助はそれから剝き身売りに転じたのだ。善助が元気な頃は得意先を何軒も持ち、結構、実入りのよい商売をしていた。

今に裏店を出て、表店《おもてだな》の一軒家を買い、貝屋を開くのだと善助はいつも新太に言っていた。そんな夢があったのなら少し酒を控えて酒代を開店資金にしたらよかったのに、善助は唯一《ゆいいつ》の楽しみだった酒をやめられなかった。

(おっ母さんは殴《か》られてもいいから酒をやめな、と言えばよかったんだ。そうすれば、お父っつぁんはもう少し長生きできたものを。酒を飲んでいる時だけ機嫌がいいから、おっ母さんはお父っつぁんが寝るまで飲ませていた。何考えていたんだか)

新太は時々、おうのに対しても腹が立つ。

だが、本当に腹が立ったのは、そんなことではなかった。捨吉が生まれて半年ほど経《た》った夜に、おうのが新太に独り言のように言ったことだ。

「捨吉を育てるのはあたしの手に余るよ。どこかに貰ってくれる人はいないだろうか」

「だって、捨吉はまだ赤ん坊だ。可哀想《かわいそう》じゃないか」

新太は捨吉を庇《かば》って言った。日中、おうのに代わって捨吉の面倒を見ていた妹のおうめとおとめも可哀想だと泣いた。すぐ下の弟の幸太《こうた》は黙っておうのの顔を見ていた。十歳の幸太は引っ込み思案の少年で、普段でもろくに話をしない。頭の捩子《ねじ》が弛《ゆる》んでいると、おうのは幸太に対して邪険だった。幸太を養子にする夫婦がいる訳もないから、もの心つかない捨吉をそうしようとするのかと思った。

だが、おうのはとんでもないことを新太に打ち明けた。

「捨吉はさあ、お父っつぁんの子じゃないんだよ」

どういうことか、新太にはすぐに理解できなかった。だが、そう言われて、おうのが時々、父親が眠ってから外に出かけることがあったと思い出した。戻って来たおうのの口から酒の匂《にお》いがした。あれは憂《う》さを晴らすためでなく、もっと違う意味があったのだと新太はようやく合点した。

「だからさあ、捨吉はよそへやるよ。いいね」

おうのは子供達にそう言った。おうのの決めたことに文句は言えない。言えば、それならお前達がもっとお足《あし》を稼ぎな、というはずだった。捨吉をよそへやれば、少しは暮らしが楽になるとおうのは言いたいのだ。いや、不義をして生まれた捨吉を育てる気持ちなど、おうのにはさらさらなかったのだ。

しかし、捨吉の養子先はなかなか見つからなかった。近所も子沢山の家が多かったし、お誂《あつら》え向きに子供をほしがっている夫婦など、そうそういなかったらしい。

おうのは焦《あせ》っていたのかも知れない。ある夜、おうのは弟や妹が眠った後に新太に「捨吉をどこかに置いて来ておくれよ。いつまで経っても乳をねだるんで、あたしはほとほと愛想が尽きたんだよ」と、うんざりした表情で言った。

「おいらにゃできない」

新太は唇をきつく嚙《か》んでから応《こた》えた。

「そいじゃ、手っ取り早く川に流すかえ。育てられない子供を川に流す所もあるらしいからさ」

「…………」

おっ母さんは貧しさのあまり、頭までおかしくなったのかと新太は思った。

「いいかえ。捨吉のこと、お前に任せたよ」

黙っている新太に構わず、おうのは言った。

その時、捨吉が眼を覚ましてぎゃっと泣いた。赤ん坊でも自分の身に関わることはわかるのだろうかと新太は思った。うるさいねえ、いい加減におしよ、おうのは加減もなく捨吉の頭を張った。捨吉はさらに声を上げて泣いた。新太は捨吉を抱き上げ「お前が倖《しあわ》せに暮らせる家を兄ちゃんが見つけてやるからな。だから泣くんじゃねェぜ」と言った。

おうのは煙管《きせる》に火を点《つ》け、白い煙をもわりと吐きながら醒《さ》めた眼で新太を見ていた。

二

いつもは本所界隈《かいわい》でしじみの振り売りをするのだが、新太はふと吾妻橋《あずまばし》を渡って浅草に出ようかという気になった。浅草にはめぼしい家があるような気もした。

時刻は昼に掛かっていたので、新太が「しじみィ、業平しじみィ」と触れ声を上げても、おくれと呼び留める客はなかった。もっとも浅草広小路を歩いている人がしじみを買うとも思えなかった。おおかたは浅草寺の参詣《さんけい》が目的だろう。

新太は浅草広小路から、角に蕎麦屋《そばや》のある脇《わき》の通りに入った。平屋が立ち並んでいる中、古手屋《ふるてや》が眼についた。

暖簾《のれん》に「日乃出屋《ひのでや》」という染め抜きの屋号が読めた。きっとその屋号のようにお天道さんが昇る頃に見世《みせ》を開けるのだろうと思った。

見世の佇《たたず》まいを眺めながら触れ声を上げていると、日乃出屋の油障子ががらりと開いて、四十がらみの男が顔を出した。頭が少し禿《は》げていたので四十がらみと思ったのだが、よく見ると、もう少し若いような気もする。

男は新太を怪しむような目つきで見てから「うちの奴がしじみを買うそうだよ」と、

ぼそりと言った。存外に澄んだ声だった。男は日乃出屋の主らしい。

「ありがとうございやす！」

新太は張り切った声で礼を言った。ほどなく、その店の女房が小さな桶《おけ》を持って現れた。

主に不釣り合いな、きれいな女だった。年もかなり若く見える。紺色の地味な着物を着ていたが、前垂れは若い娘が好みそうな派手な柄のものだった。それがまたよく似合う。

「業平しじみって本当なの？」

女房は囁《ささや》くような小さな声で訊《き》いた。

「さいです。おいらが朝に業平橋の下で採ったものですから」

言いながら新太は天秤棒《てんびんぼう》を下ろし、しじみ桶の蓋《ふた》を取った。主は客もいなくて暇だったのか、女房の傍で一緒に見ていた。

「あら、とても大きなしじみね。砂出ししなくていいかしら」

「晩めしに使いやすかい」

「ええ、おみおつけを拵《こしら》えようと思っているの。たくさんしじみを入れたらお菜の一品にもなるでしょう？」

「そんなら、水を張った桶に入れて下せェ。塩をひとつまみ入れると、晩めしまでには砂出しできると思いやす」

「そうね、そうする。お幾ら？」

「へい、おまけして十五文いただきやす」

「それじゃ、残っているしじみも皆、いただきましょうか。そのほうがあなたも助かるでしょう？　しじみ汁はお酒好きの人にはいいそうね。うちの人、お酒好きなのよ」

しじみはさほど残っていなかったが、それでも椀に三杯以上はあった。

「おいおい、二人暮らしなのに、幾ら何んでも多過ぎやしないかい」

それを見て亭主は横から口を挟《はさ》んだ。その途端、新太の胸にコツンと響くものがあった。二人暮らしということは子供がいないらしい。

きれいな女房は上遠野《かとの》様がいらっしゃるかも知れないし、などと内輪の話を始めたが、新太の気持ちは上の空だった。捨吉をこの家に預けようと、すでに決めていた。きれいな女房はとても優しそうだった。この人に育てて貰えるのなら捨吉はきっと倖せだろう。主は偏屈そうな感じがしたが、そう悪い男にも見えなかった。

お蔭《かげ》でしじみは皆、捌《さば》けた。わざわざ浅草に来た甲斐《かい》があったというものだった。

日乃出屋の女房は、また近くに寄ったら声を掛けてね、と嬉しいことまで言ってくれた。

しかし、いざ、捨吉を日乃出屋の前に捨てるとなると、新太の気持ちに迷いが出た。本当にこれでいいのか、捨吉の兄貴として、もっと他に方法はないのかと悩んだ。

このところ、母親のおうのは新太が仕事を終えて家に戻ると、恨めしいような眼で見る。その眼が、まだかまだかと急《せ》かしているようで新太はたまらなかった。

喜三郎店の大家が溜《た》まった店賃《たなちん》の催促に来た時、新太の気持ちは決まった。もう悩んではいられない。家の暮らしは、にっちもさっちも行かなくなっている。せめて捨吉には、ひもじい思いはさせたくなかった。

弟と妹が床に就《つ》いた時、新太はおうのに言った。

「捨吉を預ける家が見つかったから、連れて行くよ」

「どこだえ。どこの家だえ」

おうのは切羽詰まった声で訊いた。

「おっ母さんは知らないほうがいいよ」

新太は静かな声でおうのに言った。日乃出屋を教えたら、おうのは、のこのこ様子を見に行きそうな気もした。おうのはそれから袖《そで》を口許《くちもと》に押し当てて、しばらく泣いていた。

（ふん、泣くぐらいなら、手前《てめ》ェがもっと踏ん張ればいいんだ。それもできねェくせに。泣いてごまかしていやがる）

新太は胸の内でおうのに悪態をついた。

ようやく泣きやんだおうのは風呂敷《ふろしき》に捨吉の当座の着替えとおむつを包んだ。

「一筆書いたほうがいいよな。捨吉を頼むんだから」

新太はふと思いついて言った。

「名前がわかったら、ここへ返されるのじゃないのかえ」

おうのは余計な心配をする。

「捨吉なんて名前、この江戸に幾らでもあるさ」

「そうかえ。お前、書いておくれな」

「うん。紙」

「え？」

「だから一筆書く紙だよ」

「困ったねえ。手紙なんて書くこともないから、適当な紙もありゃしない」

そう言って出して来たのが浅草紙だった。

新太は心底情けなかった。厠の落とし紙しか家にはないのかと。手習所で使う半紙も残っていなかった。新太は仕方なく硯《すずり》で墨を擦《す》り「わけあって、すてきちをおいてゆきます。よろしくおねがいします」と浅草紙に書いた。書きながら涙がこぼれたが、新太は泣き声を出すのを堪《こら》えた。

町木戸が閉じる前に新太は捨吉を背負い、浅草へ向かった。吾妻橋を渡る時、大川の水面《みなも》は暗くてよく見えなかったが、冷たい川に捨吉を流すより捨て子するほうがましなのだと新太は無理やり理屈をつけて、自分に言い聞かせていた。

浅草広小路も、さすがにその時刻になると、ほとんどの店が大戸を下ろしていて、客を乗せた辻駕籠《つじかご》が時々通るだけだった。

日乃出屋の前に捨吉を置いてすぐに戻るつもりだったが、新太が見世の前に立った時、まだ暖簾が掛かっていた。日乃出屋は急に着物の用事ができた客のために、そうして夜遅くまで見世を開けているのだろう。主は商売熱心な男らしい。

ようやく主が暖簾を下ろしたのは四つ（午後十時頃）だった。町木戸も閉まる時刻で、新太はその夜の内に喜三郎店に戻れそうになかった。捨吉を背負い、日乃出屋の周りをうろうろする新太は次第に心細くなっていた。人の気配を感じると慌《あわ》てて脇の路地へ隠れた。

捨吉がぐっすり眠っていたのが幸いだった。

あの時、梅は終わったが桜はまだ咲いていなかったと思う。夜風が冷たかった。捨吉を背負っていることで、辛うじて寒さを堪えられたが、風の音と野良《のら》犬《いぬ》の遠吠《とおぼ》えばかりが聞こえる真夜中になると新太の我慢もそろそろ限界だった。明け方までの時間が途方もなく長く感じられた。

背中の捨吉を下ろしたのが何刻だったのか新太はよく覚えていない。日乃出屋の見世の前に床几《しょうぎ》が置いてあったので、最初はそこに捨吉を寝かせたが、寝返りを打って床几から落ちては怪我《けが》をすると思い、床几の横の地べたに置いた。捨吉は小さな寝息を立てていた。風邪を引かないように、きっちりとおくるみを紐《ひも》で結んだ。

（倖せになるんだぜ）

新太は胸で呟いた。そのまま、足音を忍ばせて日乃出屋の前を離れた。

背中が寒い。さっきまでの捨吉の温《ぬく》もりはさっぱりと消えていた。浅草広小路に出た時、新太は捨吉の泣き声が聞こえたような気がして、はっとした。空耳だ、空耳だと自分に言い聞かせて、新太は吾妻橋の傍まで走った。もちろん、夜中は通行を止めているので、まだ通ることはできなかったが、朝までそこで待つつもりだった。日乃出屋からかなり離れているはずなのに、新太の耳には捨吉の泣き声がいつまでも聞こえていた。あれは空耳でなかったと思う。

大川は水の匂いがした。この様子では、今朝はしじみ採りに行けそうもなかった。そう思うと少しだけほっとした。だが、そんなことでほっとする自分を新太は嫌悪《けんお》した。

(手前《てめ》ェは今、弟を捨てて来たんだぜ)

もう一人の新太が自分を詰《なじ》る。涙が込み上げ、新太は声を殺して泣いた。

春はいやだ。

恐らく一生、自分は春の季節がいやだろうと新太は思った。

ようやく家に戻った新太は、そのまま蒲団《ふとん》にもぐり込んだ。しばらくは捨吉のことを考えていたが、昨夜は寝ていなかったので、すぐに眠りに引き込まれた。

眼が覚めたのは昼近くだった。妹のおうめとおとめが「すてちゃんがいない。おっ母さん、すてちゃんはどこへ行ったの」と心配しておうのに訊いていた。

「捨吉はよそに貰われて行ったんだよ。もう、うちは捨吉に食べさせることもできないからね。ささ、お昼にしようか。何もないから、味噌汁をごはんに掛けて食べちまおう。ほら、おうめ、おとめ、用意しな。幸太、お昼を食べたら剝き身を魚政《うおまさ》さんに届けるんだよ。いいね」

「魚政」は剝き身を買ってくれる魚屋だった。得意先は善助の生きていた頃から比べると半分に減った。女子供だけの商売なんて所詮《しょせん》こんなものでしかない。

おうのが一日中、貝を剝いても、新太がしじみを売り歩いても、満足に店賃も払えない暮らしである。生きて行くのは辛いものだと、十四歳の新太はしみじみ思っていた。

三

捨吉を日乃出屋の前に置き去りにしてからひと月が過ぎた。その間、新太が捨吉のことを考えない日はなかった。早く様子を見に行きたかったが、その一方で怖い気もした。

もしかして、日乃出屋は手許に置かず、自身番に届けたかも知れないのだ。それならそれで、浅草広小路界隈の町役人《ちょうやくにん》が捨吉の身の振り方を考えるはずだ。どこか養子にしてくれる家があればいいが、万が一、越後獅子《えちごじし》のような大道芸人に売られたらどうしよう。捨吉は辛い思いをして芸を覚え、旅から旅への暮らしをするのだ。一度、新太は路上で越後獅子の芸を見たことがあった。揃《そろ》いの装束で巧みにとんぼ返りを披露する子供達の姿は大層可愛《かわい》らしかったが、傍にいた親方はまるで子供達を猿のように扱っていた。親方が芸を仕込む時、さぞ怖い顔をするのだろうと考えると、新太は自分のことでもないのに身体が震えた。

そんなこともあって、新太はつい、悪い想像ばかりをしていた。

採ったしじみがなかなか売れなかったある日、新太は、ようやく浅草へ行く気になった。もしかして日乃出屋の女房が、またしじみを買ってくれるかも知れないという淡い期待もあったからだ。

日乃出屋は陽気もいいことから表の油障子は開け放し、軒下に竹竿《たけざお》を渡して、そこへ衣紋竹《えもんだけ》に吊《つ》るした古着を下げていた。そっと見世を覗《のぞ》くと、主は客の相手をしていた。

「旦那《だんな》さん、しじみはいりませんか」

遠慮がちに声を掛けると、主はちらりとこちらを向き「勝手口に回って、うちの奴に訊きな」と煩《わずら》わしそうに応えた。捨吉がいる様子は感じられない。不安が募《つの》った。

言われた通り、新太は脇の路地を入った。

勝手口は表よりかなり離れた場所にあった。

しじみを売るついでに捨吉の居所をどうやって訊き出したらいいのかと、新太の頭はいっぱいになっていた。

「お内儀《かみ》さん、しじみはいりませんか」

半分巻いた簾《すだれ》の下がった勝手口の前で新太は声を張り上げた。

「はあい」

囁くような声で返答があった。半間《はんけん》の油障子が開いた時、新太はつかの間、絶句した。

捨吉が、きれいな女房に背負われていたのだ。

「ほら、しじみ売りのお兄さんよ。お早うって言える？」

日乃出屋の女房は捨吉をあやすように言った。捨吉は女房の言うことがわかるらしく、「あよ」と応える。新太は危うく涙ぐみそうになった。

「この間のしじみ、おみおつけにしたらとてもおいしくて忘れられなかったのよ。お兄さんがまた来ないかしらと待っていたの」

女房は笑顔で言った。

「そいつはどうも」

何気ないふりをして新太は天秤棒を下ろし、桶の蓋を取った。桶の中のしじみはこの間より多かった。女房は太っ腹に、それ全部いただく、と言ってくれた。

「よろしいんですかい。この家にゃ多過ぎやしませんかい」

「いいのよ。ご近所にも差し上げるつもりだから。それにこの子もしじみのおみおつけが大好きなの」

女房は嬉しそうに言う。

「丈夫そうな坊ちゃんですね」

新太は無理に笑顔を拵えて言った。捨吉はじっと新太を見ていた。その眼に怪訝《けげん》な色を感じたのは気のせいだろうか。

「とても丈夫なの。風邪も引かないのよ。よく食べるせいね。あたしの言うことはよく聞いていい子なのだけど、うちの人には仏頂面《ぶっちょうづら》で、にこりともしないのよ。うちの人、自分は捨吉に嫌われているって、時々、むくれるの。可笑《おか》しいでしょう?」

捨吉、捨吉、そのまんま捨吉だった。新太は感動していた。鼻の奥がつんと疼《うず》く。女房はしじみを入れる桶を取りに流しへ戻る。その時、捨吉が首をねじ曲げて新太を見た。

(兄ちゃんのこと、覚えているのかい。捨吉は頭がいいんだな。そうさ、お前のことが心配で、兄ちゃんはこうして様子を見に来たんだよ。でもよかった。新しいおっ母さんとお父っつぁんに可愛がって貰いな。それで、お父っつぁんにも、たまに笑顔を

見せてやりな。きっと喜ぶぜ）

新太は言えない言葉を胸で呟いていた。

しじみはおまけして五十文。新太は久しぶりに晴々とした気持ちで本所に戻った。しじみ売りをしていれば、これからだって捨吉の様子を見に行ける。新太はそれが何より嬉しかった。

家に戻ると、いつもは土間口で貝を剥いているおうのの姿がなかった。だが、中から機嫌のよいおうのの声が聞こえた。土間口には男物の履き物が置いてあった。

「おっ母さん、今、帰《け》ェったよ」

新太はおそるおそる声を掛けた。障子が開いて、おうのが顔を出した。茶の間に羽織姿の中年の男が座っていた。その傍に子守りの奉公に出ているはずのおてるもいる。おてるは俯《うつむ》いていた。

「おてるの新しい奉公先が決まったんだよ。子守りをするより、ずっと給金が高いのさ。おてるも承知してくれたんだよ」

おうのは上ずった声で言う。おてるは新太より二つ下の十二歳である。ようやく子守りに雇われたのに、それよりも実入りのよい奉公先があったのかと怪訝な思いがした。

「そいじゃ、おかみさん。わたしも色々と忙しい身体なもんで、これでお暇《いとま》致します。ささ、おてるちゃん、小父《おじ》さんと一緒に行こう」

男がそう言うと、おてるは小さく肯《うなず》き、傍らの風呂敷包みを取り上げた。おてるがいつもより小ざっぱりした恰好《かっこう》をしているのは新しい奉公先の主の手前があるからだろう。だが、おてるの着物と帯は新太が見たことのない物だった。

「兄ちゃん、おうめとおとめのことよろしくね。幸ちゃんのことも」

おてるは、けなげに新太へ言った。捨吉のことは言わなかった。よそに貰われて行ったと、おうのに聞かされたからだろう。

「ああ、お前《め》ェも達者で奉公するんだぜ」

男の後ろからついて行くおてるの背中は寂しそうに見えた。これできょうだいが二人減ったと新太は思った。子沢山の貧乏な家は、こうでもしなければ暮らしが立ち行かないのだと思っても、新太はやり切れない気持ちだった。

翌朝、新太はいつものようにしじみ採りに出かけたが、家に戻って貝屋の仕入れに行こうとすると、おうのが、今朝はいいよ、と言った。

「そろそろ梅雨だからさ、貝毒が出る恐れもあるし、当分、剝き身は休みにするよ」

それは言い訳で、おてるの給金を前払いして貰ったせいだと新太は思った。その夜の晩めしには魚もついた。幸太と二人の妹は喜んで魚を食べていたが、新太は喉《のど》につかえるような気がした。それでも骨しか残さず食べたけれど。

おてるが新しい奉公に出てひと廻り（一週間）ほど過ぎた頃、いつものように業平橋の下でしじみ採りをしていると仁助が新太に声を掛けて来た。

「おてる、吉原《よしわら》に売られたそうじゃねェか。もう、お前ェはしじみ売りをしなくてもいいんじゃねェか」

「誰がそんなことを言ったのよ」

新太はかッとして仁助を睨《にら》んだ。

「ああ、お前ェは知らなかったのけェ。余計なことを喋《しゃべ》っちまったようだ。おてるは器量よしだったから無理もねェと、うちのお袋が言っていたぜ」

「うそだ。おてるは浅草のお店《たな》に奉公に出たんだ」

おてるの奉公先を訊いた時、おうのは浅草の海苔《のり》問屋《とんや》だと言っていたのだ。

「浅草ねえ、吉原も浅草田圃《たんぼ》にあるが」

仁助が言った途端、新太は仁助にむしゃぶりついていた。自分に勝ち目はないと知っていたが、そうせずにはいられなかった。他のしじみ採りの少年が慌てて新太と仁助を止めたが、二人ともずぶ濡《ぬ》れになってしまった。

「その内におうめもおとめも売られちまわァ。赤ん坊の捨吉も姿が見えねェから、そいつも売られたんだろう。だが、お蔭でお前ェのお袋は左団扇《ひだりうちわ》で暮らせる。全く親孝行な子供達よ」

仁助は捨て台詞《ぜりふ》を吐くと、濡れた身体から水を垂らしながら引き上げて行った。新太は俯いて激しく涙をこぼした。水に濡れた身体は鳥肌が立っていたのに、流す涙だけは熱かった。

「仁助の言うことは気にするな、人んちのことは、他人にはわからねェものさ」

今まで口を利《き》いたことがなかった六助《ろくすけ》という少年が新太を宥《なだ》めた。新太は泣きじゃくっていたので、返答もできなかった。六助はこぼれたしじみを拾い、笊に入れてくれた。

「新太は中ノ郷横川町の手習所へ通っていただろう？」

六助はそんなことを言った。年は確か新太よりひとつ年上の十五歳だった。

「おれんち、手習所の近くの裏店よ。おれも手習所へ通いたかったが、親父《おやじ》が労咳《ろうがい》で寝ついているもんで、とうとうそれはできなかった。だが、時々、窓からそっと覗いていたよ。お前ェ、あそこじゃ、一番できがいいと思っていた。あ、風邪引くぜ。着物、脱いだほうがいい」

六助に言われた通り、新太はぼろけた半纏《はんてん》と着物を脱ぎ、腹掛けと下帯だけの恰好になって、着物の水気を絞った。それを土手の上に拡《ひろ》げた。六助は自分の半纏を脱いで新太に着せてくれた。

「商売はいいのかい」

濡れた眼で新太は訊いた。

「いいさ、夕方までに片をつけるから」

六助は鷹揚《おうよう》に応える。

「おれは新太が、その内に一廉《ひとかど》の男になると思っていた。手習所で身につけた知識があれば奉公先はお望み次第だ。だが、親父さんが病に倒れると、お前ェは手習所を辞め、おれ達と同じしじみ売りになった」

六助は大横川の対岸の大名屋敷の白壁を眺めながら続けた。まだ十五歳なのに、やけに大人びた顔をしていた。狭い額に三本の横皺《よこじわ》が刻まれている。困った顔をする時、その横皺が目立つ。くっきりとした二重瞼《ふたえまぶた》は母親似だろうか。

「ざまァ見ろと思ったかい」

新太は上目遣いで訊いた。

「いいや、世の中だなあと思っただけさ」

「世の中か……」

「おれ達はまだ若い。やけにならずに目の前のことを真面目《まじめ》にしていりゃ、いつか運も巡って来るはずだ。おれは、人の倖せは等分に訪れると信じているのよ。昔、乳母《おんば》日傘《ひがさ》で暮らしていた奴が年を取って、おちぶれる話を聞くだろう？　その反対に昔は貧乏でも大店《おおだな》の主になる奴もいる。おれ達は後のほうよ」

「そうかなあ。一生、貧乏な奴もいるぜ」

「貧乏でも倖せならいいじゃねェか」

六助は気にするふうもない。新太はふと、この六助に捨吉のことを打ち明けてもいい気持ちになっていた。

「仁助は赤ん坊の弟を売ったんだろうと言っていたが、そうじゃねェのよ」

そう言うと、六助の視線がこちらを向いた。

「死んだのけェ？」

「いいや、おいらの家、喰えなくて、切羽詰まって捨て子したんだ」

「…………」

「子供のいねェ夫婦の家の前に置いて来た」

「それでどうなった」

「その家の子供にして貰っていた」

「よかったな。お前ェも安心しただろう」

「うん。だけど、おいら最低の兄貴だよな。赤ん坊の弟を捨てるなんざ」

「それはお袋さんに言われてしたことだろ？」

六助は訳知り顔で言う。

「それはそうだけど……」

「なら、お前ェのせいじゃねェよ。自分を責めるな。仕方がなかったんだ」

「仕方がないか……」

そんなふうには、どうしても思えなかった。

「おれのお袋は、女房と子供のいる親父と無理やり一緒になったんだ。早い話、寝取ったんだな。親父は腕のいい植木職人だったから、すったもんだあっても、その先は安気《あんき》に暮らせるとお袋は思っていたらしい。親父は、口では何も言わなかったが、捨てた女房と子供のことは案じていたのよ。時々、客から祝儀《しゅうぎ》を貰えば、そっと届けていたんだ。それがお袋にばれると派手な夫婦喧嘩《げんか》が始まった。親父は可哀想な奴よ。

挙句に労咳を患《わずら》って仕事もできなくなった。罰が当たったっておれに言ったよ」

六助は新太を慰めるつもりで自分の打ち明け話をしたのかも知れない。同情されるのはいやだったが、その時の新太は六助の話に慰められた。辛い思いをしているのは、自分だけでないのだ。

「おれは親父のようにならねェと胆《きも》に銘じている。だから新太もお袋さんの悪いところは決して真似するまいと強く思っていればいいのよ」

六助は年上らしく新太を励ます。

「ああ」

新太は素直に肯いた。言われるまでもなく、自分は、子供を捨てる親には決してならないと思っていた。捨吉を日乃出屋の前に置いた時の気持ちは一生忘れられないはずだから。

「おいら、もう少ししたら親父が世話になっていた染井《そめい》の植木屋に奉公に出るのよ」

六助は話題を変えるように言った。

「そいつはいいな。しじみ売りをするより、ずんとましだ。そうか、六ちゃん、植木職人になるのか」

「親父の兄貴分の職人が見舞いに来て、おれが奉公できるように親方へ口を利いてやると言ったんだ。お前ェもどこかつてを頼って、奉公先を探しな。しじみ売りなんざ、いつまでもできる仕事じゃねェからな」

「全くだ」

相槌《あいづち》を打ったが、さて、そのつてはどこにあるのか、新太には見当もつかなかった。

「さ、帰《け》ェるか。お前ェの着物はまだ濡れているから、おれの半纏を貸してやるよ」

六助は新太を慮《おもんぱか》って言ってくれた。新太は恩に着るよ、と礼を言った。

四

家に戻って、おてるを吉原に売ったのかとおうのに訊いたが、おうのは、ばかをお言いでないよ、外聞《がいぶん》の悪い、と否定した。その時は、それで済んだが、おうのはそれからも全く貝を剥かなくなった。それどころか近所のなかよしの女房を家に上げて、昼間から酒を飲んでいる。新太が咎《とが》めるような眼をすれば、却《かえ》って腹を立てた。あたしが酒を飲んじゃいけないのかえ、苦労してお前達を育てたあたしが楽しんじゃ駄目なのかえ、と開き直る。

全くやっていられなかった。

夏はしじみ売りのかきいれ時である。しじみは繁殖力が強いから、採っても採ってもなくなることはないが、春と秋だけは身が瘦《や》せて味もぼける。だが、夏の土用しじみは滋養があるので人々の食膳に上ることが多かった。

珍しくしじみ売りで実入りがよかった日の夜、新太はおうのに自分達の着物がぼろけているから、もう少しましな物を着せてほしいと言ってみた。新太と弟妹達はほとんど着た切り雀《すずめ》だった。浴衣《ゆかた》と普段着の単衣《ひとえ》、できれば秋の袷《あわせ》も今から用意しておきたかった。頭には日乃出屋が浮かんでいた。古着を買って、少しは恩返しをしたい気持ちがあった。

「どこで買うのだえ」

とんでもない、と眼を剝かれるかと思ったが、おうのは意外にも承知してくれた。

「そのう、柳原《やなぎわら》の土手にでも行ってみようと思っている。安く手に入りそうだから」

神田川の柳原の土手には古手屋が千軒ほども集まっていた。かつかつの暮らしをしている人々は古手屋で着る物を求めることが多い。

「幸太を連れてお行きよ」

おうのがそう言うと、あたし達も行きたいと、おうめとおとめが口を揃えた。新太は胸がぐっと詰まった。皆んなを連れて行けば、捨吉の居所がばれる。だが、おうのは、あんたらは蒲団干しと洗濯だ、と止めた。

「つまらない」

おうめは口を尖《とが》らせた。

「辛抱しな。兄ちゃんが可愛い柄の浴衣と、お前ェ達に似合いそうな着物を見つけて来るからよ」

新太は、少しほっとしておうめとおとめを宥めた。幸太なら口止めすれば捨吉のことは黙っているはずだと思った。

翌日は大急ぎでしじみを売り、残ったしじみを桶に入れて新太は幸太と一緒に浅草へ向かった。歩く道々、新太は幸太に言った。

「これから浅草の古手屋へ行くぜ」

「柳原の土手じゃなく？」

幸太はゆっくりした口調で訊く。

「ああ。浅草に行ったことはおっ母さんに内緒だ。いいか、喋っちゃならねェ」

「どうして」

「どうしてもだ。約束できねェなら、お前ェを連れて行かねェ」

「約束する」

幸太は渋々、応えた。

幸太は遠出することなどないので、浅草広小路に出ると、その賑《にぎ》わいに眼をきょろきょろさせていた。

日乃出屋に着くと、新太は「旦那さん、今日は古着を買いに来ました」と、張り切った声を上げた。

主は面喰らった様子で「へえ」と間抜けな声を上げた。

「しじみを売りに来た訳じゃないのかい」

「しじみも持って来ましたが、これは土産ですよ。いつも買って貰って、おいら、ありがたかったたから」

「そうかい。そいつはどうも。そっちの小僧は弟かい」

「はい。おいらの弟の幸太です。ほら、幸太、挨拶《あいさつ》しな」

人見知りの質《たち》の幸太は日乃出屋の主の顔を恐ろしげに見つめ、ぺこりと頭を下げるのがやっとだった。

「それで、どんな物がほしいのだい」

「おいら達と、妹の分もです。妹は六つと七つの年子で、身体つきもほとんど一緒ですよ」

「子供の着物はあまりないのだが……」

言いながら、主は棚の上に重ねた着物の山を運んで来て、新太の前に出した。なでしこの柄の浴衣にすぐ眼が行った。着丈もちょうどよさそうだ。

「これも同じようなものだ」

主は朝顔の柄の浴衣を出した。

「そいじゃ、そっちとこっちで。幾らですかい」

「そうだなあ。これは去年から売れ残っていた物だから、二枚で四十五文。どうだい」

「ええ、それで結構です」

「それから男どものは……」

幸太には紺絣《こんがすり》、新太には細縞《ほそじま》の単衣を見繕ってくれた。おうのから百文を貰って来たが、それだけで精一杯のような気がした。

だが、日乃出屋の主は太っ腹に、こいつも持って行きな、と半纏だの、袷だの、綿入れだのを、持参した風呂敷にどんどん入れる。

「旦那さん、おいら百文しか持ってねぇんですよ」

新太はおずおずと言った。

「あちゃあ、百文か……ま、いい。持って行きな。お前はしじみ売りをして感心な小僧だから、わっちも商売抜きで考えることにするよ。土産のしじみも貰ったことだし。おおい、おそめ」

主《あるじ》は手早く風呂敷を結ぶと、奥へ声を掛けた。新太は百文払って風呂敷包みを手許に引き寄せた。

きれいな女房はおそめという名前だった。

おそめは水仕事をしていたらしく、前垂れで手を拭《ふ》きながら出て来た。背中の捨吉は頭をのけぞらせて眠っていた。

「すて」

幸太が突然、甲高い声を上げた。

「に、兄ちゃん、すてだ、すてだ」

幸太は興奮していた。おそめの笑顔が消えた。主と顔を見合わせ、どうしてよいかわからない表情である。

「すんません。こいつ、ちょいと頭がとろいもんで、気にしねェで下さい」

新太は取り繕うように言うと、風呂敷包みを担《かつ》ぎ、慌てて店を出ようとした。

「待て！」

主は厳しい顔で引き留めた。

「お前はうちの捨吉と何やら訳ありのようだ。ちゃんと説明して貰おうか」

うちの捨吉、うちの捨吉……何んて快い響きだろう。だが、その響きは捨吉と自分達の距離を感じさせた。捨吉はもう、新太の手の届かない所にいるのだ。

「何も言うことなんてありません。その赤ん坊はおいら達と縁もゆかりもないんですから」

新太はそう言って唇を嚙んだ。主は新太の顔をしばらくじっと見つめていたが、やがて「そうかい。縁もゆかりもないんだな。そいじゃ、わっちも言わせて貰う。今後、ここに顔を出すんじゃねェ。うちの捨吉の邪魔だ」と言った。

「お前さん……」

おそめがおずおずと口を挟んだ。

「お前は黙っていろ。それとも捨吉を兄貴達へ返すつもりかい」

主はすっかりお見通しだった。新太は畏《おそ》れ入って俯いた。

「捨吉はうちの子になったの。あたしはもう、捨吉と離れられないのよ。わかるでしょう？　ずっと子供ができなかったところに捨吉がやって来たのよ。大事に育てますから、どうぞ捨吉を返せなんて言わないで」

おそめは前垂れで顔を覆《おお》って泣き始めた。

「お内儀さん、さっきも言ったはずだ。その赤ん坊はおいら達と縁もゆかりもねェって。だが、おいらはもう、ここへは来ません。幸太、行くぜ。おうめとおとめが待っている」

新太はそう言って腰を上げた。幸太は未練たらしく捨吉の頬に両手をあてがい、額をこすりつけた。眼を覚ました捨吉は不機嫌そうにぐずった。新太は邪険に幸太の腕を摑《つか》んだ。

「いい加減にしねェか。帰ェるんだよ」

「すて、元気でな。いい子にするんだよ」

虚《うつ》ろな幸太の眼に涙が光っていた。それから幸太は日乃出屋の夫婦に「すてをよろしくお願いします」と挨拶した。それには新太が驚いた。ぼんやりな幸太だが捨吉に会って、気持ちがしゃっきりしたのだろうかと思った。

「お前の居所は訊かないよ」

日乃出屋の主は二人を送り出しながら言った。

「はい、おいらも言いません。そいじゃ」

新太はそう言うと日乃出屋を後にした。幸太は何度も振り返って手を振ったが、新太は一度も振り返らなかった。

もうこれで、捨吉との縁も切れたと思った。

捨吉は日乃出屋の息子で、新太の弟ではなくなったのだ。胸が痛くなるほど寂しかった。

捨吉の寝顔を見ると疲れが吹き飛んだものだ。いつまでも眺めていたかった。もう、それもできないのだ。捨吉の寝顔は日乃出屋夫婦のものだった。

喜三郎店に戻ると、おうめとおとめが油障子の外に出て新太と幸太を待っていた。

「兄ちゃん、いい着物見つかった?」

おうめが眼を輝かせて訊く。

「ああ、可愛い浴衣と他にも色々あるぜ」

「嬉《うれ》しい」

おうめは無邪気な笑顔を見せた。おとめも新太の提《さ》げた風呂敷包みに手を添えて、早く見せてとせがんだ。

せめて、後に残された弟と妹達だけは自分がしっかり守ってやろうと、新太は改めて思っていたのだが。

五

あれほど口止めしたはずなのに、幸太は捨吉のことをばらしてしまった。

晩めしの後片づけを済ませ、狭い座敷に蒲団を敷きながら、おとめがふと思い出したように、すてちゃん、元気でいるかしらと、おうめに話し掛けた。江戸は神無月《かんなづき》に入り、それとわかるほどに空気は冷え込んで来ていた。日乃出屋の主に言われた通り、あれ以来、新太は浅草に足を向けていなかった。

新太は翌朝のしじみ採りのために、土間口へ笊《ざる》や魚籠《びく》を並べていた。幸太は頭の後ろで両手を組み、畳に大の字になっている。

おうのは火鉢の傍で、冷や酒を飲みながら、寝るのなら蒲団にお入り、と幸太に言ったが、幸太は生返事をするばかりで言う通りにしなかった。

「どこに貰《もら》われて行ったんだろう。お金持ちならいいよね」

おうめも心配そうにおとめに応える。

「新しいおっ母《か》さんに叱《しか》られていないかな。継母《ままはは》って、ほら、意地悪だって言うでしょう」

おとめはこまっしゃくれた口調で言う。

「そうだね。悪さをしてぶたれたりしたら可哀想《かわいそう》だよね」

「ほんと、可哀想だよ」

おとめがそう言うと、幸太はむっくり起き上がり、大丈夫だ、すての継母は優しくて、きれえな人だからよ、心配すんな、と二人に言った。その途端、おうのの眼がきらりと光ったように新太は感じた。

「幸太、お前、捨吉の居所を知っているのかえ」

おうのはさり気なく訊く。

「あッ」

幸太は、はっとして新太を見た。新太は慌てて目配せしたが遅かった。

「どこにいるのか教えておくれよ。よう、いいだろう？　あたしは母親だ。産んだ子供の居所ぐらい知っておきたいじゃないか」

「し、知らねェ。居所なんて知らねェ」

幸太は白《しら》を切る。

「じゃあ、何んで捨吉の継母が優しくてきれえな人だとわかるのさ。お前、会ったからそう言うのだろう？」

揚げ足を取ることに掛けては、誰もおうのに敵《かな》わない。

「捨吉がいなくなって、もうずい分経《た》つよ。お前と兄ちゃんだけが捨吉の居所を知っていて、あたしは蚊帳《かや》の外かえ？　そろそろ打ち明けてくれてもいいじゃないか」

おうのは恨めしげな眼で幸太に言う。幸太は新太に叱られるのが怖くて黙っていた。

「捨吉のいる所は何か商売をしているのかえ、それともお店奉公している家かえ」

おうのは猫なで声で続ける。それでも幸太が黙っていると、何をしている家かぐらい教えてくれたっていいじゃないか、とおうのは癇《かん》を立てた。徳利《とっくり》から湯呑《ゆのみ》に酒を注《つ》ぐと、ひと息で飲み干す。

「ふ、古手屋よ」

幸太は観念してぼそりと応《こた》えた。

「幸太、手前ェ、約束を忘れたのか！」

新太は、かッとして、幸太の頰を張った。幸太は、おいおいと声を上げて泣いた。おうのは二人を止めもしない。おうめとおとめは恐ろしそうになりゆきを見守っていた。

「それで読めたよ。お前が古着を買いに行ったのは、その見世《みせ》なんだね。そうかい、捨吉は古手屋の子になったのかい。そこそこ商売をしているんだろうねえ。捨吉は果報者だ。この先、贅沢《ぜいたく》はできなくても喰いはぐれることはないだろう。よかったよ。どれ、そいじゃ、あたしもその古手屋に行って、何か見繕ってこようかね。捨吉の実の母親だと言えば、見世の主は、悪いようにはしないはずだ。ついでに幾らか何して貰えば御《おん》の字なんだが」

酔っているとはいえ、おうのの言うことは正気の沙汰《さた》と思えない。

「勝手なことをほざくな。手前ェが何を言ってるのか、わかっているのか」

新太は声を荒らげた。心底、腹が立っていた。

「何んだよ、その言い種《ぐさ》は。それが母親に向かって言う言葉かえ」

「うるせェ！　捨吉に近づいたら、おいらがただじゃおかねェ」

「どうしようと言うのさ」

おうのは小意地の悪い表情で新太を見た。

「殺してやる」

あはは、とおうのはせせら笑った。それから真顔になると、冗談もいい加減におしよ、あたしが捨吉に会いに行くだけで、どうしてお前に殺されなきゃならないのさ、ばかばかしい、と吐き捨てた。

「捨吉の倖《しあわ》せを壊す奴《やつ》は、たとい母親でも許さねェ」

そう言った途端、おうのは持っていた湯呑を新太に向かって放り投げた。湯呑は運悪く新太の額に当たった。指先で額をなぞると血がついていた。

「畜生！」

新太は吠えた。おうのの頰に平手打ちを喰わせ、畳に引っ繰り返ったおうのの身体《からだ》に馬乗りになり、その首を絞《し》めた。今まで母親に抱いていた不満がいっきに爆発していた。自分でも歯止めが利かなかった。

「兄ちゃん、やめて。おっ母さん、死んじゃう！」

おうめとおとめが二人がかりで新太を母親から引き剝《は》がそうとしたが、新太には敵わなかった。ひいッと奇妙な声を上げて、母親の力が抜けた。そのまま動かなくなった。

「死んだ、おっ母さん死んだ。兄ちゃんに殺された……」

ぼそりと呟《つぶや》いた幸太の声を聞き、新太は我に返った。おうのは白目を剝《む》いて天井を見ていた。足許から頭のてっぺんに向かって、訳のわからない痺《しび》れが走った。

新太はそのまま家を飛び出した。心配して様子を見に来たおすが婆《ばあ》さんが、どうしたえ、大丈夫かえ、と訊《き》いた。

新太は応《こた》えず、裏店の門口《かどぐち》を抜けると、夜道を闇雲《やみくも》に走った。走って走って、気がつけば吾妻橋に来ていた。

今頃、喜三郎店は大騒ぎだと思った。新太は親殺しの罪で自身番にしょっ引《ぴ》かれ、打ち首獄門の沙汰となる。もうお仕舞いだ。

しじみ売り仲間の六助は、人の倖せは等分に訪れると言ったが、そいつはうそだ。自分は生まれてから一度もいい思いなんてしていない。手足にあかぎれを拵《こしら》えてしじみを採り、暑さ寒さの中を売り歩き、おうのに嫌味を言われるばかりだった。手習所で師匠に褒められ、得意な気持ちになったのが生涯唯一《ゆいいつ》の倖せか。ばかばかしい、つまらねェ。

吾妻橋は浅草と本所を繋《つな》ぐ大事な橋だ。家路を急ぐ人々が行き来していた。誰も新太が母親を殺してやって来たとは思っていないだろう。

橋の欄干に凭《もた》れて川を見つめた。川を通る小舟の舳先《へさき》についた提灯《ちょうちん》の灯りが蛍のように光っている。空には星が瞬《またた》いていた。

(きれえだな。おいらの最期《さいご》はこんなきれえな星空が拡がっているんだ)

それも倖せかも知れない。激しく涙がこぼれる。それを振り払うように新太は欄干に足を掛け、いっきに川へ飛び込んだ。

高い水音に通行する人々の足がつかの間止まった。

誰かが「身投げだ！」と叫び、欄干から川を覗く者が黒い塊《かたまり》となった。だが、昼間ならともかく、夜の川に新太の姿を見た者は誰もいなかった。

北町奉行所隠密廻《おんみつまわ》り同心の上遠野平蔵《へいぞう》が御用の向きで日乃出屋を訪れたのは、江戸が紅葉を迎えてしばらく経った穏やかな日のことだった。

近頃の喜十《きじゅう》は見世の前に吹き寄せられた落ち葉の始末をするのが日課だった。もみじや銀杏《いちょう》なら風情《ふぜい》もあるが、落葉するすべてのものが、いつの間にか見世の前を覆っている。

紫陽花《あじさい》なんぞは枯れた花ごとやって来る。まるで老婆《ろうば》の死顔を見るようで興醒《きょうざ》めだ。晴れている間はまだしも、これが雨となると、水気を含んだ落ち葉は重みが加わり、ごみ溜《た》めに運ぶのも容易でなかった。

「ご精が出るの」

上遠野は竹箒《たけぼうき》で掃除していた喜十に声を掛けた。まだ朝の五つ半（午前九時頃）を過ぎたばかりだった。上遠野はこげ茶色の風呂敷《ふろしき》包みを提げていた。

「今朝はお早いですね。何か急ぎの事件でもありましたかい」

「まあ、事件と言えば事件だが」

上遠野は歯切れ悪く応える。

「そいじゃ、まあ、中に入って、渋いお茶でもいかがですか」

「うまい茶なら飲む」

相変わらず、冗談の通じない男である。

「おおい、おそめ。上遠野の旦那がいらしたよう。茶を淹《い》れてくれ。うまい茶が飲みたいそうだ。渋いのはごめんだってよ」

喜十は悪戯《いたずら》っぽい顔で切り返した。上遠野は顔をしかめ、こいつめ、といまいましそうに吐き捨てた。

おそめよりも息子の捨吉がすごい速さで這《は》い出て来た。近頃は摑まり立ちもできるようになった。

「おう、捨吉。今日も元気だな」

上遠野は相好《そうごう》を崩して話し掛ける。捨吉は「あよ」と挨拶したが、上遠野には通じなかった。

「あんよがどうかしたのか?」

「旦那、お早うと言ってるんですよ」

横から喜十が捨吉の言葉を訳してやる。

「ほう、そうか。お早うと言ったのか。なかなか礼儀正しい。お内儀の躾《しつけ》が行き届いているせいだな」

ちょろちょろする捨吉が目障《めざわ》りで、喜十は膝《ひざ》に抱えた。捨吉はその手を振りほどこうともがいた。

「何んだ、お前にはなついておらぬのか」

上遠野は呆《あき》れたように言う。

「そうなんですよ。さっぱり愛想もありません。誰がめしを喰わせていると思っているんだか」

「そんなこたァ、頑是《がんぜ》ない赤ん坊が思う訳はない。赤ん坊はめし喰って、小便垂れて、寝るのが仕事よ。おう、よしよし、この小父さんの所へ来い」

子供のいる上遠野は赤ん坊の扱いにも慣れている。捨吉にもそれがわかるのか、素直に上遠野の胡坐《あぐら》の中に座った。上遠野はすこぶる機嫌がよかった。

「あら、捨吉。上遠野様にだっこされてよかったこと」

茶を運んで来たおそめが嬉しそうに言った。

「ところで、今日はお前に確かめてほしい物がある」

捨吉に茶をこぼさないように、横向きでひと口啜《すす》ると、上遠野は携えた風呂敷包みを眼で促した。

「着物ですかい？」

「着物と半纏だ。二、三日前に駒形堂《こまがたどう》の傍で前髪頭の小僧の土左衛門《どざえもん》が見つかっての、小僧は裸同然だったが、近くの杭《くい》に着物と半纏が引っ掛かっていたんで、どうやらそいつの物らしいということになった。土左衛門は死んでからひと月ほど経っていたんで、水膨れして人相もわからねェ。それで着物と半纏をとり敢《あ》えず干して乾かすとな、半纏の袖裏《そでうら》に白いきれがくっついていたのよ。これがお前の見世の符丁と似ているんだな」

「ちょいと拝見致します」

喜十は風呂敷を解いた。細縞の単衣と紺の半纏はしじみ売りの少年に売ったものだった。

商売柄、自分が扱った品物は、喜十は忘れない。符丁は値段を隠語で記したもので、それを見ても客にはわからない。見世に出す時、細く切った白いきれで拵えた符丁を品物に括《くく》りつけているが、あの小僧は符丁がついていることに気づかず着ていたのだろう。

「覚えております。これはしじみ売りの小僧に売ったものです」

喜十は低い声で応えた。

「やはりそうか……」

上遠野は表情を曇らせた。捨吉は上遠野に抱かれていることに飽きて、おそめに手を伸ばした。おそめは捨吉を胸に抱えると「本当にあの子なの、お前さん」と訊いた。信じられないという顔だった。

「本所の松倉町の裏店で、倅《せがれ》に首を絞められて殺された母親がいるのよ。新太という倅はそれから行方を晦《くら》ましていたんで、わしもあちこち捜し回っていたのだ。土左衛門がその新太だとすれば、母親を殺した後で大川に飛び込んだんだな」

「どうしてそんなことに」

「さあ、近所の人間は新太のことを感心な倅だと言っていた。てて親が死んでから、しじみ売りをして家計を支えていたそうだ。反対に母親は酒飲みでぐうたらな女だったらしい。新太にはよほど我慢できない理由があったのだろう。不憫《ふびん》な奴よ」

そう言った上遠野の声にため息が交じった。

「新太という小僧には確か、弟と二人の妹がいましたが、そちらはどうなりました」

喜十は、ふと思い出して訊いた。

「ふむ。押上村《おしあげむら》に、てて親の兄貴がいてな、知らせを聞いて、慌《あわ》てて駆けつけて来たそうだ。弔《とむら》いをした後に、三人を押上村に連れ帰ったとよ」

「さいですか」

喜十は最後に新太と交わしたやり取りを思い出していた。今後、ここに顔を出すなと喜十は言った。捨吉の邪魔になるからと。せっかく捨吉を養子にしたのに、そのきょうだいが日乃出屋の周りをちょろちょろするのが煩《わずら》わしかった。

しかし、まさかこんなことになるとは夢にも思わなかった。それほど追い詰められていたのなら、話だけでも聞いてやればよかったと思う。それができなかったことを喜十は悔やんだ。

「それじゃ、わしもこれから色々と仕事があるゆえ、これで帰るとする」

「ご苦労様でございやす」

喜十は見世の外まで上遠野を見送った。

上遠野の雪駄《せった》が路上の落ち葉を踏み締める。

かさこそ、かさこそと音がした。上遠野は新太の事情を知って何を思ったのだろうか。

落ち葉を踏み締める音は上遠野が無念、無念と呟いているように聞こえた。

上遠野の姿が通りを左に折れて見えなくなると、喜十もそっと歩き出した。

「お前さん、どこへ」

おそめの声が背中で聞こえた。

「浅草寺にお参りしてくるよ。捨吉の兄貴の冥福《めいふく》を祈るつもりでさ」

おそめは何も応えなかった。泣いていたのかも知れない。

落ち葉踏み締める。落ち葉踏み締める。新太の思いを踏み締める。無念、無念。

浅草広小路の喧騒は相も変わらない。緩慢な足取りで歩く喜十の耳に、その時、

「しじみィ、業平しじみィ」と新太の触れ声が聞こえた気がした。

「ばかやろう。死んでまでしじみ売りをするねェ！」

喜十は空に向かって悪態をついた。抜け上がったような青空は喜十の頭上をどこまでも拡がっていた。

雪まろげ

一

霜月《しもつき》に入ると江戸は急に冷え込み、月の半ばには初雪が降った。大人は皆、背中を丸めて寒そうにしているが、喜十《きじゅう》の息子の捨吉《すてきち》だけはやけに元気である。摑《つか》まり立ちを始めたかと思っていたら、たちまち三歩、四歩と覚つかない足取りながら歩数を伸ばし、ついにはたいたいたと歩き始めた。女房のおそめの喜びようは大変なものである。同じ年頃の子より、うちの捨吉は歩くのが早いからお正月には一升餅《もち》を背負《しょ》わせなければならないと張り切っている。

喜十はそれを聞いてびっくりした。赤ん坊の頃、自分が一升餅を背負ったなどと、母親から聞いたことがなかったからだ。

家が貧乏だったせいだろうか。いや、喜十が生まれた頃、質屋をしていた父親はまだ羽振りがよかったはずだ。それに喜十の周りの人間も子供に一升餅を背負わせて祝う者はいなかった。それは一部の風習のような気もした。

「何んで一升餅を背負わせるのよ」

店座敷を気儘《きまま》に歩き回る捨吉の姿を眼で追いながら喜十はおそめに訊《き》いた。品物が汚れるので、捨吉が手を触れようとしたら止めなければならない。捨吉は涎《よだれ》の多い子供である。

「あら、お前さんはご存じないの？　一升餅を背負わせるのは丈夫で強い子に育ってほしいという親の願いもありますけど、人より早く歩き出す子は、大人になってから家を離れるという言い伝えがあるんですよ。それで一升餅を背負わせて、少し育ちを抑《おさ》えるのよ。土地によっては一升餅を背負わせた子供をわざと転ばせたりするんですって」

「捨吉が一人前になってこの家を出て行っても、わっちは別に構わないよ」

先のことなんてわからない。それならそれで仕方がないと喜十は思っている。

「そういう訳には行きませんよ。捨吉はこの日乃出屋《ひのでや》の大事な跡取りだから、しっかりお見世《みせ》を継いで貰《もら》わなきゃ」

「跡を継がなくてもいいさ、こんな見世」

「まあ、お前さん、何んてことを言うの」

「わっちは一升餅なんて背負った覚えはないよ。そんなことをする必要はない。銭の無駄だ」

喜十はきっぱりと言った。おそめは、つかの間、呆《あき》れ顔をして「お前さんが一升餅を背負わなかったのは、多分、歩き出すのが遅かったせいでしょうよ。子供なら誰でも彼でも背負わせる訳じゃないのよ」と言った。

喜十は捨吉が生まれた正確な月日を知らない。日乃出屋にやって来た頃、周りの女房どもは半年ぐらい経《た》っているだろうと言っていた。その勘定で行くと、とうに一年は過ぎているはずだ。歩き出して当然である。特によその子供より早いとも思えない。しかし、おそめは、すっかりその気でいるようだ。

捨吉は喜十とおそめが喧嘩《けんか》をしていると思ったのだろうか。喜十の前にやって来て、意味不明の言葉をぶつぶつと言う。見事な三白眼《さんぱくがん》で赤ん坊ながら、ふてぶてしい面構《つらがま》えである。本人は文句を言っているつもりなのだ。さしずめ、おっ母《か》さんを苛《いじ》めるなというところだろう。

文句の最後に、ああか、いい、と吐き捨てた。ばあかと言っているのだ。喜十は捨吉から、あけと言われることもあるし、おけとも言われる。ハゲとボケだろう。子供は悪い言葉をいちはやく覚える。おおかた、近所の大工の留吉《とめきち》の家にでも行った時に覚えたのだろう。留吉の所には子供が五人もいるので賑《にぎ》やかだ。遊んでくれるのはいいが、悪たれ坊主《ぼうず》の息子もいるので、いらぬ知恵を捨吉につける。困ったものだ。

「捨吉。駄目よ、お父《と》っつぁんに悪態《あくたい》をつくのは。お父っつぁんはね、あんたのために一生懸命働いているんだから」

おそめは母親らしく窘《たしな》める。捨吉は素直に言うことを聞かず、あっかんべえをした。喜十も腹が立って、ごつんと拳骨《げんこつ》をお見舞いした。捨吉は激しい泣き声を上げる。もう手がつけられないほどの泣き方である。おそめは捨吉を抱き上げて奥へ引っ込んだ。

やれやれである。吐息をついて、火鉢の炭を掻《か》き立てた時、見世の油障子が開いて、北町奉行所隠密廻《おんみつまわ》り同心の上遠野平蔵《かとのへいぞう》が行商人の出《い》で立《た》ちで入って来た。

「これは旦那《だんな》。本日はお早いお越しで」

喜十は愛想笑いをしながら上遠野を中へ招じ入れた。午前の四つ（十時頃）あたりの時刻で、陽《ひ》は出ていたが大層、寒い日だった。上遠野は浮かない表情をしている。まあ、上遠野が上機嫌で日乃出屋を訪れることは滅多になかったが。

「何か面倒なことでもありやしたかい」

喜十は一応、訊いてみる。

「面倒なことも何も、わしは冬が来る度、お務めをやめたくなる。奉行所の三廻り（定廻り・隠密廻り・臨時廻り）の同心は背中に皹《ひび》を切らして市中を歩き廻るのが本分だが、いやなものはいやだ」

上遠野は駄々っ子のように言って、足袋を脱いだ。足の指がすっかり冷え切って赤くなっている。

「しもやけですかい？」

「ああ。温まると、痒《かゆ》くてたまらぬ」

「血のめぐりが悪くなっているんですよ。よく摩《さす》って下さい」

「何をしても無駄だ」

上遠野はやけのように吐き捨てる。おそめが上遠野に気づき、捨吉をおんぶして茶を運んで来た。

「上遠野様、お務めご苦労様でございます。ささ、お茶を召しあがって下さいまし。外はお寒うございましたでしょう」

おそめはそう言って茶の入った湯呑《ゆのみ》を差し出す。背中の捨吉は仏頂面だった。喜十の拳骨がこたえているらしい。

「本日はご機嫌ななめかの。いつもはお早うと言葉を掛けてくれるのに」

上遠野は捨吉の頰を人差し指で、ちょんちょんと突いた。捨吉はうるさそうに顔を背《そむ》け、ああか、と言う。

喜十とおそめは慌《あわ》てて「これッ！」と捨吉を制した。幸い、捨吉の言葉は上遠野には通じなかったようだ。喜十も敢《あ》えて説明しなかった。

「ところで、何んぞ変わったことはないか」

茶をひと口啜《すす》って、上遠野は訊いた。

「変わったことなんざ、そうそうあってたまるもんですかい。ただ、世の中が世知辛《せちがら》くなっているのか、冬の着物を誂《あつら》えようとする客も少なくなりやしたよ。万年床にくるまって冬を越すつもりですかねえ。冬ごもりする獣《けだもの》でもあるまいし」

喜十は冗談交じりに応《こた》えた。上遠野はハハと薄く笑った。

「獣で思い出したが、近頃は薬喰いと称して、ももんじ屋に出かける客が増えているらしい」

ももんじ屋は猪《いのしし》や鹿《しか》の肉を食べさせる見世である。喜十は、まだ試したことはなかった。

「身体《からだ》が温まり、大層、精がつくそうだ」

上遠野は気をそそられているように続ける。

「鍋《なべ》にするんですかい」

「鍋でも網焼きでもいけるそうだ。どうだ、一緒に行く気はないか」

「いやですよう。鍋なら、わっちは湯豆腐か鱈《たら》鍋が好みで、獣の肉なんざ……」

「まあ、わしも実を言えば獣の肉は苦手だ。ただなあ、薬種屋《やくしゅや》の怪しげな薬を調べているとな、薬よりも、ももんじ屋に行ったほうがよいのではないかと思うのよ」

上遠野は珍しく正直な気持ちを言っている。

「薬を調べているんですかい？」

「ああ。近頃、さっぱり効能がないのに大袈裟《おおげさ》な文句で売り出している店が増えてな、客からの苦情も出ている。奉行所も捨て置くことができず、それとなく調べろとのご命令よ。ほれ、こんなものも渡された」

上遠野は携《たずさ》えていた風呂敷《ふろしき》を解き、中から三冊の冊子を取り出した。表紙には『江《え》戸買物独案内《どかいものひとりあんない》』と記されていた。

「大坂の中川芳山堂《なかがわほうざんどう》という書肆《しょし》が出したものだ。江戸見物に来た客に重宝されている」

「これの全部が薬種屋ですかい」

「いや、喰い物屋、呉服屋、小間物屋など、客が立ち寄りそうな店が載《の》っておるのだ。その数、実に二千六百二十店余りだ。その中で薬種屋は百四十店ほどだ」

その冊子を参考にして見廻りをしろと言われたようだ。

「ためしに、わっちの見世は載っておりますかい」

喜十は、ふと気になって訊いた。

「のぼせたことを言う男だ。いずれも名店と呼ばれる店で、小汚ねェ古手屋《ふるてや》なんぞ、載せるものか」

上遠野はにべもなく吐き捨てた。むっとしたが、いつものことだと喜十は堪《こら》えた。

「上遠野様、ちょっと見せていただいてよろしいですか」

おそめが気を惹《ひ》かれたように口を挟《はさ》んだ。

「おう、構わぬ」

上遠野の言葉に、おそめは嬉《うれ》しそうに手に取り、薬種屋の部を開いた。

「あら、浅草の奥村屋《おくむらや》さんの名前もありますね」

おそめは弾《はず》んだ声を上げた。奥村又八郎店《またはちろうだな》の「ちゝのこ」を買ったことがあるという。ちゝのこは代用母乳で、乳の出ない母親や、また、おそめのように赤ん坊を養子にした母親が求めることで有名だった。捨吉が日乃出屋にやって来た頃、おそめも試したらしい。

「それで効果のほどは？」

上遠野は抜け目ない表情で訊く。

「そうですね。それで泣きやんだこともあれば、さっぱり駄目な時もあって、何んとも申し上げられませんよ」

「そうだのう。ま、効いたと思われる時もあるなら、まだましだ。中には素人《しろうと》でも首を傾《かし》げそうな薬もあることとゆえ」

「それで旦那は近頃、もっぱら薬種屋巡りですかい」

喜十が訊くと、上遠野は吐息交じりに、ああ、と応える。

「お咎《とが》めのありそうな薬種屋はあったんですかい」

「あったどころではない。まともに効く薬は幾らもなく、他ははったりよ」

「そうですかい」

「店の名は言えぬが、『即妙一粒丸《そくみょういちりゅうがん》』という薬があるのだ。ひと粒飲めば、たちまち不快な症状が治るのだそうだ。不快な症状と申しても心《しん》ノ臓《ぞう》からくるものもあれば、胃《い》ノ腑《ふ》からくるものと様々だ。何んでも彼《か》でも一緒くたにしておる。それに『即妙一粒丸』などと、いかにも胡散《うさん》臭いではないか」

「全くですね」

「その他に一生歯の抜けざる薬だの、毛生え薬などもある」

「…………」

「お、これは余計なことを」

上遠野は喜十の薄い頭をちらりと見て言う。喜十は、また、むっとしたが何も言わなかった。

禿《は》げる心配のない者は、禿げた者を笑う。要するに、手前《てめ》ェに関わりがなければ、何んでも笑いの種にするのが人間なのだ。

「薬種屋を調べている内に余計な話まで聞き込んでしまってな、ついでに、それも調べろと上からのご命令よ。それでわしはつくづく腐っておるのだ」

上遠野は取り繕うつもりなのか、そっと話題を変えた。

「余計な話とは？」

喜十は気になって、上遠野の話を促した。

「うむ。この近くに住んでいた若者がおるのよ。今年、十八になるという。そいつが七歳頃に幽界《ゆうかい》を見たのだそうだ」

「幽界ですかい」

そんなものが本当にあるのだろうか。喜十は鉄瓶を下ろし、火鉢に炭を足しながら訊く。

捨吉はとろとろと眠気が差して来たらしい。

おそめは『江戸買物独案内』を読み終えると、捨吉を寝かせるためにその場を離れた。

二

薬種屋は店を構えている所ばかりとは限らない。中には路上に茣蓙《ござ》を敷き、口上よろしく薬を売る者もいる。さしずめ、「がまの油」はその代表だろう。若者を幽界へいざなったのも、路上で丸薬を売っていた老人だった。老人は差し渡し三寸ほどの口の壺《つぼ》に売り物の丸薬を入れていたという。

「鶴吉《つるきち》という十八になる若者が七歳ぐらいの時に経験したことを今頃になって言い出したものだから、近所で評判になり、その噂《うわさ》が拡《ひろ》まって、偉い学者が自分の屋敷に呼んで色々、話を聞いておるそうだ」

上遠野は煙管《きせる》で一服しながら言った。

「偉い学者が何んだって、そんな話を聞くんです？　はったりだと思うのが普通じゃねェですか」

喜十は呆れた顔で言う。

「はったりとするには、話が真に迫っておったのよ。その学者は古道《こどう》が専門で、天狗《てんぐ》だの、河童《かっぱ》だの、鬼だののことを調べておるそうだ」

「そんなものは人様が頭で創《つく》り出したことでげしょう？」

「いや、伝説はわが国各地にある。ということは、かつてはこの世にいたからではないかと学者は考えているのよ」

「旦那は信じているんですかい」

「半信半疑だ。弱ったことにお奉行様まで鶴吉の話に興味を示し、詳しく調べろとお命じになった。調べろと言ったところで、どうやって調べたらよいのか皆目わからぬ。それで、鶴吉のヤサ（家）の近くで連日、聞き込みよ」

それが上遠野にとっては余計なことになっているのだろう。

「薬売りの年寄りは天狗か鬼だったんですかい」

「いや、くだんの学者は仙人ではないかと言っておるのだ」

「仙人……」

それも喜十にとっては雲を摑むような話だった。

「なぜ、仙人だと思ったんでしょうかね」

喜十は続けた。

「うむ。鶴吉は子供の頃、蛇骨長屋《じゃこつながや》に住んでいて、親は棒手振《ぼてふ》りの青物屋だそうだ。鶴吉は日中、浅草広小路にやって来て、遊んでいたという。その時に年寄りの薬売りに気づいたらしい。夕方になって年寄りが店仕舞いを始めると、莫蓙も銭の入った箱も、皆、その壺の中に入れたそうだ」

蛇骨長屋は伝法院《でんぼういん》の池の西にある百人長屋のことである。そこに住んでいた小僧が浅草広小路で遊ぶのはわかるが、幾ら何んでも壺に物を入れるのには無理がある。

「ちょっと待って下せェ。壺の口ってのは三寸ばかりだとおっしゃったじゃねェですか。どうして莫蓙や銭箱が入るんです？」

「そこが仙人の仙人たるところよ。鶴吉も子供心に不審を覚え、黙って見ていると、年寄りは、ついに自分の片足も壺に入れた。その後にもう一方の足も入れ、そのまま、するすると身体は壺に吸い込まれ、それから空に舞い上がって消えたらしい」

眉唾《まゆつば》、眉唾。喜十は胸で呟《つぶや》いた。しかし、鶴吉はその後、何度も浅草広小路で老人を見掛け、老人も鶴吉に気づいた。ある日、お前も壺に入らないかと、老人は鶴吉を誘った。

中に入れれば、おもしろいものが見られるからと。

鶴吉は少し怖かったが、好奇心が勝《まさ》っていた。言われた通り、壺に足を入れると、苦もなく中に入ることができた。入ったと思った途端、着いた所が常陸国《ひたちのくに》の山中だったという。老人は食べ物や菓子を与えてくれたが、鶴吉は夜になって家が恋しくなり、泣き出した。老人は今日のことは他言無用と釘《くぎ》を刺して元の浅草広小路に戻してくれたという。

鶴吉は元に戻れるなら、これからも老人について行ってもいいと思うようになった。それから老人は鶴吉を背中に乗せ、空を飛んであちこちに連れて行ってくれた。江の島、鎌倉《かまくら》、伊勢《いせ》神宮にも行ったという。だが、老人の活動の拠点が筑波山《つくばさん》に近い岩《いわ》間山《まやま》だと知るようになる。

鶴吉はそこで老人に仕える僧正《そうじょう》に、占いやまじない、薬の煎《せん》じ方を習ったらしい。

「鶴吉の話が拵《こしら》え事とは思えなかったんでしょうね。江の島、鎌倉、伊勢神宮は大人が喋《しゃべ》っていたことを小耳に挟んだとしても、岩間山は、思いつきにしてはふるっていますよ」

喜十はそう言った。しかし、不思議な体験を、幽界を見たとするのは、いかがなものかとも考えていた。幽界はあの世、冥土《めいど》のことと喜十は解釈しているが、違っていたのだろうか。

「近々、学者の家に行って、鶴吉に話を聞いてみようと思うている」

上遠野は火鉢の縁《ふち》で煙管の雁首《がんくび》を打って灰を落とした。

「え？　鶴吉は今も、その学者の家にいるんですかい」

「ああ。学者はもっと詳しい話を聞くために鶴吉を下男として、手前ェの家に置いておるのだ」


それは鶴吉の策略のような気がした。青物売りの息子が学者の家に奉公するなど普通は考えられない。鶴吉が作り話をしているとしたら、大した策士だと思う。

「さて、これから本所、深川の薬種屋を廻って奉行所に戻るとしよう。隠密廻りが薬種屋の改めや幽界騒ぎに巻き込まれるとは思わなんだ。ま、殺しの下手人を探るよりましか」

上遠野はそんなことを言って足袋をつけ、腰を上げた。火鉢に温まって少し人心地がついたらしい。

「お気をつけて」

「うむ」

喜十は見世の外まで上遠野を見送った。冷えると思ったのも道理で、空から白いものが落ちていた。上遠野は浅草広小路に出て、竹屋《たけや》の渡しで本所へ向かうのだろう。憎まれ口を叩《たた》く上遠野だが、行商人の恰好《かっこう》で雪の降る中を去って行く姿には憐《あわ》れを覚える。同心の家に生まれ、同心になることを決められて育った上遠野が倖《しあわ》せなのか、そうでないのか、喜十にはわからなかった。

鶴吉の話を信じていた訳ではないが、次に上遠野が日乃出屋を訪れた時、新たな話をするのを喜十は心待ちしていた。作り話にせよ、世の中の不思議なことには、いささか興味があった。そんな喜十の思いが伝わったのだろうか。師走《しわす》に入って早々、上遠野は鶴吉を伴い、日乃出屋を訪れたのだった。

「こいつに日乃出屋のことを話すとな、母親に綿入れの着物を買って届けたいと言うのよ。それで連れて来た」

上遠野は変装でなく、紋付羽織に着流しの同心の恰好で訪れた。寒さ凌《しの》ぎに八幡黒《やわたぐろ》の頭巾《ずきん》を首巻きにしていた。傍にいた鶴吉は、十八歳とはとても思えない幼い顔つきをしている。

身体も細く、全体にこぢんまりとした若者だった。鶴吉は着物の裾《すそ》を尻端折《しりっぱしょ》りして、下に紺の股引《ももひき》を穿《は》き、着物の上には綿入れの半纏《はんてん》を重ねている。半纏は大きめだったので、喜十の眼には短いどてらを着ているように見えた。喜十は二人を店座敷に上げると「おっ母さんの着物を買ってやろうなんざ、感心ですね」と言った。鶴吉は照れたように笑い、先生から給金をいただきましたもので、と応えた。見た目では、うそをつくような若者には見えない。

「おっ母さんは幾つぐらいなんで？」

「えと、確か五十一になったと思います」

鶴吉は指折り数えて言う。

「五十一か……」

衣裳棚《いしょうだな》に積み重ねている綿入れの着物を何枚か引っ張り出して喜十は鶴吉に見せた。

その時、おそめが盆に茶の入った湯呑を載せて現れた。捨吉が気後れした表情でついて来た。

「ほら、捨吉。ご挨拶《あいさつ》は？」

おそめが促すと、捨吉は渋々、あい、と小さく言った。お早うということである。

「こちらのお兄さんには？」

「あよ」

捨吉は、また渋々言う。その拍子に鶴吉は満面の笑みになった。

「息子さんですかい。可愛《かわい》いなあ。小さい子供を見るのは久しぶりですよ。坊ちゃん、幾つになるんで？」

鶴吉がそう訊くと、捨吉は得意そうに、たつ、と応える。ふたつである。生まれた途端にひとつと数えるから、来年の正月でみっつである。この年の数え方も妙だと喜十は常々思っている。暮に生まれた赤ん坊はひと月も経たない内にふたつとなるからだ。しかし、わが国の年の数え方がそうなっている以上、喜十が異を唱えても仕方がない。

「賢い坊ちゃんですね。末が楽しみですよ」

鶴吉はおそめの喜びそうなことをつらつらと言う。そらきた。口がうまい。世間は騙《だま》せても自分は騙されないぞと喜十は胸で呟いた。

鶴吉はおそめの助言も入れて、ねずみ色の地に紺の細縞《ほそじま》の綿入れを選んだ。ついでに黒の半巾帯《はんはばおび》も買ってくれた。しめて六十四文。

喜十の商売も本日はお茶を挽《ひ》かなくてよさそうだった。

「ところで、鶴吉の話を聞いてみるか、ん？」

上遠野は品物を風呂敷に包んでいる喜十に言う。

「上遠野様、もうそれはよろしいじゃございませんか」

鶴吉は慌てて制した。さんざん、人に喋って、いい加減うんざりしている様子だった。

「気が進まないのでしたら、わっちは無理にとは申しませんよ。ただね、鶴吉さんは十八になるそうですね。どうして今頃になって、七つぐらいに起きたことが噂になったんでしょうね」

喜十は風呂敷包みを差し出して訊いた。

「失敗したと思っておりやす。わたしはあのことを黙っているつもりだったんですよ。しかし、いつまでもお爺《じい》さんと空を飛んでばかりもおられません。それで十歳の時から米屋へ奉公に出ました。お爺さんとは、それからも浅草広小路で出会いました。いつも、これから一緒に行かないかとお爺さんはわたしを誘いました。行くこともあれば行かないこともありました。でも、だんだん、奉公が忙しくなって行かなくなることが多くなりました。その内、お爺さんの姿も見掛けなくなったんですよ」

鶴吉は老人を見掛けなくなったことで、ほっとしたような、寂しいような複雑な気持ちだったという。それから十年近くも経ち、鶴吉は仕事を終えた後、朋輩《ほうばい》の手代達とともに、夜になると居酒見世《いざかみせ》などに繰り出すようになった。朋輩達は話題が豊富で、おもしろおかしい話をするので鶴吉は楽しかった。ある夜、朋輩の一人がお前も何かおもしろい話をしろと鶴吉に言った。何もないと応えると、つまらない男だと、朋輩達は口々に罵《ののし》った。酒が入っていたので、鶴吉もつい、かっとなり、老人との経緯《いきさつ》を語ってしまったのだ。朋輩達はインチキだと言いながらも鶴吉の話に耳を傾けた。その夜はそれで終わったが、ひと廻り（一週間）も過ぎると近所で評判になり、噂が噂を呼んで、ついに平塚円水《ひらつかえんすい》という学者の耳にも聞こえるところとなったのだ。平塚は鶴吉の奉公する「小西屋《こにしや》」にも度々訪れたので、主《あるじ》が商売の邪魔になると鶴吉を叱《しか》り、ついには世迷言《よまいごと》をほざく奉公人はいらないと首にしてしまったのである。平塚はそれを聞いて大いに同情を寄せ、自分の家の下男に雇ってくれたという。

「その学者からは色々、微に入り、細《さい》を穿《うが》って話を訊《たず》ねられたらしい」

上遠野が気の毒そうに口を挟んだ。

「同じ話を毎日しなければならないので、それがわたしには苦痛で……」

鶴吉は低い声で言って俯《うつむ》いた。

「しかし、給金のためなら是非もないと堪えているんですね」

喜十も鶴吉の気持ちを慮《おもんぱか》って言った。

「おっしゃる通りですよ、日乃出屋さん。空を飛ぶのはどういう心地のものだとか、お天道《てんとう》さんと月はどんな性質があるのかとか、おまけに幽界には男色《だんしょく》はあるのかなどと、ばかなことも訊ねられました」

「幽界とはあの世のことでげしょう？」

喜十は気になって言う。

「幽界と言ったのはわたしじゃありません。先生がおっしゃったことです」

鶴吉はその時だけ、むきになって言った。

「なるほど。不可思議な世界だから学者の先生は幽界としたのですか」

「そうだと思います」

「空は寒いんですかね」

喜十は鶴吉の気分を損《そこ》ねないようにさり気なく訊いた。

「いえ、空へ昇ると真綿に包まれたように温かで寒くはありませんでした。他の仙人が鶴に乗って、唄《うた》をうたいながら飛んでいるのとすれ違ったこともあります。雲の上の空は青くて、きらきらした光が美しい所です。鬱陶《うっとう》しい気分も空を飛べばいっきに晴れます」

鶴吉はその時のことを思い出して、うっとりした表情で言った。

「やはり、鶴吉さんが出会った年寄りは仙人だったんですかい」

「そうだと思います。それしか考えられません。鬼や天狗じゃなかったですから」

「空を飛んでお天道さんや月にも行ったんですかい」

「お天道さんは焼けるように熱いですから、傍に近づくことはできませんでした。月は近づくと寒気が厳しかったです。でも我慢していると、次第に温かくなりました。

十町ほど近くまで行きましたが、月に降りたことはないです」

これが作り話だろうか。聞いていた喜十も次第に妙な気分になっていた。根掘り葉掘り訊くのは遠慮したので、鶴吉の話はその程度だったが、それだけでも喜十にとっては十分衝撃だった。

鶴吉は、これから母親に着物を届けるのだと、嬉しそうに上遠野と一緒に帰って行った。

「おそめ、あの男の話を聞いてどう思った？」

湯呑を片づけているおそめに訊いた。

「さあ、あたしは浅草広小路に丸薬売りのお年寄りがいただろうかと考えておりましたよ。あたしは気がつきませんでしたけどね」

「鶴吉が仙人らしいのと出会ったのは、お前がうちの嫁になる前の話だぜ」

「でも、鶴吉さんはその後も度々、空を飛ぶのに誘われているのでしょう？　壺に入って空に消えたなんて、そんな手妻《てづま》（手品）みたいなことをしていたら、誰かが気づくはずよ。それとも……」

おそめは小首を傾げる。

「それとも、何んだい」

喜十はおそめの話を促した。

「鶴吉さんにしかお年寄りの姿が見えなかったのかしらねえ」

おそめの言うことには一理ある。しかし、鶴吉の経験したことを理解するのは難しく過ぎた。仙人は己れの存在を世の中に知らせたかったのだろうか。そうだとしたら、仙人も俗物だと喜十は思う。まこと仙人ならば、頑是ない子供を連れて空を飛んで見せるより、もっと別のやり方があるだろう。借金で首が回らない者に幾らか銭を恵むとか、病人を回復させるとかだ。仙人ならそれぐらい朝めし前のはずだ。

「さあ、お昼は何にしようかしら」

おそめは仙人の話を切り上げて言う。喜十も店座敷に拡げていた品物を畳み始めた。奇妙きてれつな話よりも、日常のことが喜十夫婦には大事なことだった。

三

翌日は朝から雪が降った。見世を開けて間もなく、日乃出屋に五十がらみの女の客が蓑《みの》と笠《かさ》の恰好で訪れた。身体の小さな女である。

その客は鶴吉の母親のおたまだった。おたまは、昨日、息子から着物と帯を買って貰ったが、帯がどうにも締めづらいので取り替えてくれないだろうかと遠慮がちに言った。

「いいですよ」

喜十は気軽に請け合い、他の帯を何本か出しておたまに見せた。おたまは半巾帯でなく昼夜帯《ちゅうやおび》を選んだ。表が肌色の地に茶の格子《こうし》柄《がら》で裏が黒地の帯だ。着物によって裏表使える。別名くじら帯ともいう。

「幾らか足し前しなけりゃいけませんかねえ」

おたまは恨めしそうな表情で訊く。半巾帯より値段は高いが、鶴吉がせっかく母親に進呈したものである。あと二十文色をつけてという言葉を喜十は呑み込んだ。おたまがさほどよい暮らしぶりをしているようには見えなかったせいもある。

「本来は幾らかいただきてェところですが、それじゃ鶴吉さんの気持ちを無にすることになります。そのまま、お持ち下さい」

喜十は鷹揚《おうよう》に応えた。おたまはほっとしたように笑顔を見せた。その笑顔は鶴吉とよく似ていた。

「着物と帯を誂えるなんて、何十年ぶりですよ」

おたまは嬉しそうに言う。

「親孝行な息子さんで、おかみさんは倖せですね」

「ええ。鶴吉は昔から優しい子なんですよ。きょうだいは五人ですが、着る物を買ってくれたのは鶴吉だけですよ」

「それはそれは」

「でもねえ、せっかく奉公していたお店《たな》を首になって、今は学者さんのお屋敷で下男をしておりますが、あたしとしてはお店奉公を続けてほしかったですよ。そうすれば、いずれ番頭に出世して、末は暖簾《のれん》分けが叶《かな》ったかも知れませんのに」

おたまは愚痴っぽく言う。

「例の噂話のせいでお店を首になったんでしたね」

喜十がそう言うと、おたまはご存じだったんですか、と驚いた表情になった。

「ええ。昨日、息子さんがうちの見世にいらした時に聞きました」

「どうして、あんなばかな話をしたんでしょうね」

「おかみさんは信じていないのですか」

「当たり前ですよ。どうしてあんな話が信じられますか」

おたまは怒気を孕《はら》んだ声で応える。

「息子さんを連れて行った丸薬売りの年寄りを見たことはありますかい」

「一度だけ、あまりに帰りが遅いので捜しに行くと、鶴吉が煤《すす》けた着物に袖《そで》なしを重ねた長い顔のお爺さんと楽しそうに話をしていたことがありました」

「おかみさんの眼には一風変わって見えましたかい」

「とんでもない。どこにでもいる年寄りでしたよ。鶴吉はその年寄りの作り話を聞いている内に、自分も空を飛んだり、知らない土地へ行ったつもりになったんでしょうよ。何しろ、ほんの七つの子供でしたからねえ」

「しかし、作り話にしては真に迫っておりましたよ」

「だから噂になったんですよ。亭主は青物の振り売りをしておりましたが、あたしも土間口に青物を並べて売っておりました。商売が忙しくて、ろくに子供に構っている暇はありませんでした。鶴吉はいつも浅草広小路で遊んでいたようです。こんなことになったのは、あたしのせいでもあるんですよ」

「そんなことはありませんよ。世間の親なんて誰でも子供に構ってばかりいられませんよ」

　喜十はおたまが気の毒でそう庇《かば》った。

　そこへおそめが茶を運んで来た。ようやく起きた捨吉も寝ぼけまなこで現れた。

「あらあ、息子ちゃんですか。何んて可愛いのだろう。お早うさん、よく寝たかえ」

おたまは捨吉に笑顔で訊いた。捨吉はこくりと肯《うなず》き、あよ、と挨拶した。今朝《けさ》の機嫌はそれほど悪くないらしい。

「まあ、ちゃんとお早うって言ってる。いい子だこと。外は雪が降ってるよ。お父っつぁんに雪まろげを拵えて貰いなさいよ」

おたまはそんなことを言う。雪まろげなどと古風な言葉を聞いたのは久しぶりだった。雪を丸めて転がしたものだ。大小重ねれば雪だるまとなる。さて、雪まろげができるほど積もってくれるだろうかと、喜十は油障子に眼を向けながら思っていた。

小半刻《こはんとき》（約三十分）後、おたまは昼夜帯を抱えて帰って行った。

「あのおかみさんは仙人の姿を見ていたようね」

おそめはおたまの話を小耳に挟んでいたらしい。

「実の母親が信じちゃいねェんだから、これは、ま、作り話なんだろう。母親なら倅《せがれ》のことはわかるもんだ」

「そうかしらねえ。でも、鶴吉さんには、ちっともそんなふうはなかった。何んだかあたし、頭がこんがらがりそう」

「最初は信じちゃいなかったくせに」

「それはそうだけど……実の親も一緒になって、あれは本当のことだと意地を通したら、あたしもこの親子、頭がおかしいと思ったはずよ。そうじゃないから却《かえ》って鶴吉さんの話が本当に思えてくるのよ」

「へそ曲りだなあ」

「そうかしら」

二人が話をしている間に、捨吉は土間口に下りて外へ出たいようなそぶりを見せた。

「捨吉、雪まろげができるほど積もっちゃいないのよ。いい子にしていたらたくさん雪が降るかも知れないよ。もう少し、お待ちなさいな」

おそめはそう言って制した。

「いや!」

捨吉は突然、はっきりと意味の通じる言葉を喋った。喜十とおそめは顔を見合わせた。

「ちゃんと喋った」

喜十は興奮した声を上げた。

「本当に喋りましたねえ。捨吉、いやと言えたのね。偉いなあ」

おそめは眼を細めて捨吉を抱き上げた。捨吉は親の興奮をよそに、外へ出るのだと顔を赤くして、いや、いやを繰り返した。

　鶴吉の主の平塚円水は幽界の研究をその後も続けていたらしい。平塚の学者仲間には鶴吉の話は信用できかねるから、相手にせず、さっさと屋敷から追い出せと助言する者もいたが、平塚は頑として取り合わなかった。鶴吉の話では、幽界には天狗、魔物、鬼もいて、時々、下界に厄災を起こす相談をしていたという。それを事前に知ることができれば、被害を最小限に抑えることもできると平塚は考えていたらしい。鶴吉は仙人の下僕《げぼく》だから、不可能なことではない。ただ、平塚が仙人に繋《つな》ぎをつけろと言うと、鶴吉はいつも二の足を踏むような表情になるという。また、鶴吉が体験した不思議なことは真に迫っているとはいえ、辻褄《つじつま》の合わないことも出ていた。なぜ、仙人と最初に空を飛んで行き着いたのが常陸国の山中とわかったのかと訊いても、お爺さんがそう言っていたからと応えるばかりで、さっぱり埒《らち》が明かなかった。それに空を飛ぶことができるのなら海の中にも潜《もぐ》れるはずである。浦島太郎の龍宮《りゅうぐう》城伝説もわが国にはあるので、それを問うと、海には潜ったことはないという。びっくりするほど詳しい話をして平塚を驚かせる反面、簡単な事項には呆れるほど無知だったりもした。それでも平塚は根気よく鶴吉の話を聞き、将来、それに関する書物を出版するつもりでいるようだ。そんな話を喜十は上遠野から聞いた。

上遠野は薬種屋を探り、いかがわしい薬を売り出している店を奉行所に知らせ、およそ二十六軒余りの薬種屋が罰金刑を受けたという。中にはひと月の休業を言い渡された店もあるそうだ。

「咎めを受けた薬種屋の主に、旦那はお役人だったんですかい、と恨めしそうな顔をされた。気の毒だが、お役目だから仕方がない」

薬種屋の探索にけりをつけた上遠野は、ほっとした表情でもあったが、結果にはあまり満足していない様子だった。

「同情することはありませんよ。店の看板にものを言わせ、世間の人々をたぶらかして金儲《もう》けするなんざ、同じ商人として許せませんよ」

喜十は憤《いきどお》った声で言った。その拍子に上遠野はにやりと笑った。

「お前ェだって、叩けば埃《ほこり》が出るだろうに」

「わっちが？」

「おうよ、明らかなどんつく布子《ぬのこ》でも、そのうまい口で売りつけることもあるだろうが」

上遠野は憎たらしいことを言う。そういう手前ェはどうなんだ、この日乃出屋に大枚のツケをして、さっぱり支払う様子もない、手前ェこそ、騙《かた》りだ、詐欺師《さぎし》だ、喜十は言えない言葉を胸で呟いた。

「お言葉ですがね、商売をしている以上、あれは駄目、これは駄目とは決して口にできませんよ。選ぶのは客なんですからね。どんつく布子を選んで失敗しても、それはわっちのせいじゃなくて、客の眼鏡違いですよ。ま、そういう失敗を積んで目利《めき》きにもなる訳で」

「理屈を言う」

「理屈じゃありませんよ。品物が気に入らなかった場合は、わっちだって快く取り替えてやりますよ。現にこの間、鶴吉が母親の着物と帯を買いましたでしょう？　翌日、母親が帯を取り替えてほしいと言って来たので、言う通りにしてやりましたよ」

「母親と会ったのか」

「会いました」

「やはり、変わったおなごか」

上遠野は鶴吉の母親だから、変わり者ではないかと思ったらしい。鶴吉の聞き込みをしていたと言ったくせに、肝腎《かんじん》の両親には話を聞いていないようだ。上遠野の仕事は存外、いい加減に思えたが、喜十は素直に応えた。

「いえ、全く普通の町家の女房でした。学者の下男に雇われるより、米屋の奉公を続けてほしかったと言っておりやした」

「この間来た時、さっぱりそんな話はしなかったじゃねェか」

鶴吉と一緒に日乃出屋に来た後も、上遠野は見廻りの途中で訪れている。

「旦那がお訊ねにならなかったんで、わっちも喋らなかっただけです」

「………」

「それで、鶴吉のほうは、その後、新たな展開でもありやしたかい」

「ふむ。平塚という学者は鶴吉を介して仙人に手紙を届けたらしい」

「本当ですかい」

喜十は思わず、膝《ひざ》を進めた。

「幽界のことをもっと教えてほしいという内容だったらしい。鶴吉は仙人と会うための手順を決して語らなかったが、今でも仙人と会う方法は覚えているらしい。四、五日、姿が見えなかったが、やがて屋敷に戻り、仙人が確かに承《うけたまわ》ったという返事を貰って来たようだ」

「そいじゃ、いずれ幽界のことは知れますね」

「さて、それはどんなものか」

「だって、仙人は承ったと応えたんでげしょう？」

「わしは方便ではないかと思うておる。鶴吉も十八となり、いささか薹《とう》が立って来た。大人の不純な知恵も身についているはずだ。学者の機嫌を損ねないように話を合わせることもするだろう」

「それこそ作り話ですかい」

「まあな。それよりも類は友を呼ぶのたとえで、似たような話をあちこちで聞くようになり、わしも呆れておるのだ」

「似たような話ですかい」

「ああ。両国橋で行方知れずになった若者が信濃国《しなののくに》の善光寺《ぜんこうじ》という寺の山門前に佇《たたず》んでいて、たまたま旅に出ていた知り合いに見つけられたそうだ。若者の姿はもの貰いのようだったが、行方知れずになった時の恰好のままだったという」

「神隠しですかい」

「そうとも言える。両国橋から善光寺に辿《たど》り着くまでのことは何も覚えておらぬそうだ」

「不思議なこともあるものですね」

そういう現象に何か意味でもあるのだろうか。市井《しせい》の人々はそんなことを聞かなくても暮らして行ける。それは神仏の悪戯《いたずら》なのだろうか。だとしたら、神仏も結構、底意地が悪い。

「なあ、ももんじ屋に行かぬか」

上遠野は、以前にしていた話を蒸し返した。

「いやですよう」

喜十はうんざりした顔で応えた。

「比丘尼橋《びくにばし》の傍にあるももんじ屋に十七になる倅がいるのよ。そいつが二年ほど前、ひと月ばかり姿を晦《くら》ましたことがあったそうだ。土手で転んで頭を打ったらしいが、その後のことは、とんと覚えておらぬのだ。事件という訳ではねェが、幾ら何んでもひと月は長い。奉行所の同僚から、ちょいと当たってみてはどうかと言われたのよ」

「神隠しに遭った奴《やつ》とは違うんですかい」

「ああ、違う。年頃は似ているがの」

「頭を打って記憶をなくしたんでしょうかねえ。誰かがその倅を助けて面倒を見ていたんじゃねェですかい」

「ももんじ屋の亭主は倅の面倒を見てくれた人がいるなら礼をしなければならねェと、あちこち聞き廻ったが、とんとわからなかったということだ」

「倅はひと月経《た》って、ひょっこり舞い戻ったんですかい」

「そうらしい」

「………」

「だからな、ちょいと話を聞きてェのよ」

「そのついでに獣の肉を喰うってことですかい。旦那《だんな》が勘定を持つならつき合ってもいいですよ」

「わしは三十俵二人扶持《ににんぶち》のしがねェ町方同心だ。つれないことは言うな」

上遠野はいつものように、しみったれたことを言う。

「旦那の御用のために身銭を切るなんざまっぴらですよ」

喜十はきっぱりと応えた。普通、こういう時は誘ったほうが勘定を持つものだ。上遠野には、その辺りの常識が欠けている。

「ならば、各々《おのおの》で持とう」

そう言った上遠野に喜十は返事をしなかった。上遠野は舌打ちして、わしが持つ、と渋々言った。そう来なくちゃ。

「そいじゃ、行きますか」

喜十は途端、相好を崩し、外出用の長羽織を引き寄せた。黒の無紋《むもん》の羽織は喜十のお気に入りである。

「現金な奴だ」

上遠野はいまいましげな声を洩《も》らした。

四

外は雪が降っていた。比丘尼橋は鍛冶橋御門《かじばしごもん》傍に架《か》かっている橋である。比丘尼橋から東は京橋界隈《かいわい》になる。舟は川風が滲《し》みるからてくてく徒歩《かち》で行ったが、雪下駄《ゆきげた》の足許《あしもと》は歩き難かった。「山くじら屋」と看板が見えた時、二人の息は上がっていた。

ももんじ屋は別名、山くじら屋とも言う。屋号は他にあるのだろうが、山くじら屋の看板が雪景色の中で、くっきりと際立《きわだ》っていた。

あまりきれいでない見世の中は存外、客で混んでいた。二人は板場に近い座敷に席を見つけて座った。中は、もうもうと煙が立ち込め、何やら獣臭かった。無理もない。そこはももんじ屋である。板場では亭主らしいのが盛んに肉を焼いていて、十七、八の若者が客の所に焼いた肉の皿や鍋《なべ》を運んでいた。天井も柱も燻《いぶ》されて黒ずんでいる。黒猫が一匹、見世の隅に蹲《うずくま》っていて、客が肉を放ると、すばやく飛びついて貪《むさぼ》っていた。

「何んにします？」

大漁旗のような派手な半纏を羽織った若者が喜十と上遠野の傍に来て注文を訊《き》いた。紺の股引に包まれた足が驚くほど細かった。

「そうだなあ、酒と……鍋にするか」

上遠野は喜十を見ながら言う。

「そうですね」

喜十は気のない声で応《こた》える。見世に入った途端、獣臭さで、早くも胸がつかえるようだった。

若者は、すかさず続ける。

「鍋は猪《いのしし》か鹿《しか》のどちらがいいでしょう」

「どちらでもよい」

「さいですか。そいじゃ、猪にしまさァ。脂《あぶら》が乗ってうまいですよ」

若者はそう言って板場の亭主に「酒、上二升、ぼたん、ぶり鍋」と、声を張り上げた。

二升は二合を桁上《けたあ》げして言っているのである。ぼたんは猪のことで、ぶりも二人前という符丁である。

ちろりの酒が先に来た。二人は猪口《ちょこ》に注ぎ合った。冷え切った身体《からだ》がたちまち温まる。

しばらくして、若者は湯気の上がった鉄鍋を運んで来た。

「熱いですから火傷《やけど》しねェように気をつけて下さいよ」

鍋敷きに鉄鍋を下ろし、小丼《こどんぶり》をふたつ置く。

「酒をもう少し頼む」

上遠野は結構な量の鍋を見て、酒が足りないと思ったようだ。それには喜十も異存がなかった。

「お前に少し話があるのだが、手が空いてからでよい」

上遠野がそう言うと、若者の表情が僅《わず》かに変わった。小さな顔で、まだ幼さが残っている。喜十はどこか鶴吉に似ていると感じた。

いや、顔は全く似ていなかったが、受ける印象が似ていたのだ。

「お客様はお役人ですかい？　おいら、別に悪いことはしてねェですよ」

「わかっておる。お前をしょっ引くために来たのではない。ただ、話を聞くだけだ」

「おいらが行方知れずになっていた時のことですかい」

「そうだ。近頃、奇妙な目に遭った若者がいてな、色々、調べているところだ。ためしにお前の話も聞いてみるといいと言われてやって来たのだ」

「わかりやした」

若者は板場の父親にそのことを伝えに行った。四十がらみの亭主は板場から首を伸ばしてこちらを見たが、余計なことはするな、とは言わなかった。曲りなりにも客だから遠慮したのかも知れない。

醬油《しょうゆ》仕立ての猪の鍋は肉の他に葱《ねぎ》や里芋、豆腐などが入っていた。喜十は初めて食べるので、正直、うまいのかそうでないのかわからなかった。

山くじら屋に着いたのは昼刻を過ぎていたので、喜十と上遠野が飲んでいる内、客も引き上げて行き、見世の中は空《す》いて来た。若者は板場の父親に断って二人の傍にやって来た。

醬油樽《だる》の腰掛けを引き寄せて「お待たせ致しやした」と頭を下げた。

「うむ。お前の名前ェは音助《おとすけ》だったな。年は十七で間違いねェか」

上遠野は酒で赤らんだ顔で確かめた。

「さいです」

音助は低い声で応えた。存外に色白で、涼しげな一重瞼《ひとえまぶた》だ。鼻は細く、唇も桜色をしている。

「二年前というと、お前が十五の時のことだな」

「へい。その頃から親父《おやじ》の仕事を手伝っておりやした。ちょうど、今ぐれェの時刻でしたね、息抜きに外へ出て、外濠《そとぼり》を眺めておりやした。そん時に地震が起きて、結構、揺れたんですよ。足許がぐらぐらして、柳の樹《き》に摑《つか》まろうとした時に土手が崩れて、おいら滑り落ちたんですよ」

「二年前の地震か……ちょっと覚えておらぬな」

上遠野は首を傾《かし》げた。

「後で、親父に訊いても地震なんざなかったと言っておりやした」

「濠に落ちたのかい」

喜十が口を挟むと、別に水の中に入った覚えはありやせん、と音助は応えた。あっと思った瞬間に大きな石が見え、それにしたたか頭をぶつけて気を失ったという。

「それからひと月の間、お前はどこでどうしていたのか、とんと覚えていねェんだな」

上遠野は煤けた天井を睨《にら》んで訊く。喜十も何気なく上を見た。天井から脂にまみれた埃の糸が何本もゆらゆらと下がっていた。喜十はそっと顔をしかめた。喰い物に入ったらどうするつもりだろう。しかし、音助も父親もそれには頓着《とんちゃく》している様子がなかった。

「思い出そうとすると、頭ん中に霧が繋《かか》ったみてェになって、どうしても駄目なんですよ」

音助はため息交じりに言う。

「それで、お前さんはひと月後に舞い戻ったそうだが、正気づいた場所はこの近くかい」

喜十は上遠野に酌をしてから訊いた。

「いえ、両国橋でした。そこが両国橋だとわかったんで、歩いて比丘尼橋に戻りやした。親父は顔を真っ赤にして、この親不孝者、と怒鳴り、加減もなくおいらを殴りやした。おっ母《か》さんとばあちゃんが止めてくれたんで助かりやしたが」

「お袋さんとばあさんがいたのかい」

「へい。おいら、ひとりっ子なんで、皆んなは胸が潰《つぶ》れるほど心配したらしいです」

「それは無理もないよ。見世に舞い戻った時、恰好はいなくなった時のまんまだったのかい」

喜十は少し気になって訊いた。神隠しに遭ったらしい若者はそのままの恰好だったと聞いている。

「いえ、それが柿色《かきいろ》の上着に同じ生地のたっつけ袴《ばかま》で、足許は草鞋《わらじ》履きでした。忍者みてェだったと言われやした」

音助はその時だけ愉快そうに言った。

「忍者……」

上遠野は呟いたが、心当たりがありそうでもなかった。

「誰かがお前ェさんを助けて、ひと月の間、面倒を見ていたことになるが、お前ェさんは覚えていねェと言う。これはあれだな、天狗にでもたぶらかされたってことかな」

喜十が冗談っぽく言うと、音助の表情が僅かに変わった。

「そんな気がするのけェ？」

喜十はすかさず突っ込んだ。だが、音助は首を振って何も応えなかった。

結局、音助からは何んの手懸かりも引き出せなかった。猪鍋は半分以上残してしまった。

喜十と上遠野は四合の酒を飲み干すと見世を出た。上遠野は結構な勘定を取られたらしい。喜十は幾らだったのかと訊かなかった。訊けば少し助《す》けろと言うはずだ。二人は比丘尼橋から北へ向かい、一石橋《いっこくばし》の前で別れた。

上遠野はそのまま呉服橋《ごふくばし》御門内の北町奉行所に戻り、喜十は日本橋に出て、舟着場から猪牙舟《ちょき》に乗った。川風に吹かれるのはいやだったが、雪下駄の歯に雪が団子のようにくっつき、どうにも歩けなかったからだ。

雪は小やみになり、薄陽《うすび》も射《さ》して来たので、寒いことは寒かったが、どうにか浅草まで帰ることができた。

それにしても、音助の経験は鶴吉と同じものだろうと喜十は思っていた。音助が口を割らなかったのは、口外して騒ぎになることを恐れたのかも知れない。また、親に固く口止めされたとも考えられる。しかし、と喜十は考える。そういう経験は人生で何か役に立つものだろうか。喜十自身は、そんな経験をしたいと思わない。面倒臭い。

田原町《たわらまち》の日乃出屋に着くと、おそめが捨吉を抱いて土間口前に立っていた。雪景色を捨吉に見せていたのだろう。

「ほら、お父《と》っつぁんが帰って来た。お帰りと言っておやり」

おそめが促したが、捨吉は取り合わない。

「捨吉、雪まろげを拵えてやろうか」

喜十は気を惹《ひ》くように言った。捨吉はこくりと肯いて笑った。喜十の言うことはわかるらしい。着物の裾を尻端折りして、喜十は雪玉を拵え、それを芯《しん》にして転がす。

たちまち捨吉の頭ほどの雪まろげができあがった。それとともに指が凍《こご》えるほど冷たくなった。

「もっと」

捨吉は催促した。こいつ、自分の要求をする時だけは、はっきり喋《しゃべ》ると、喜十は苦笑した。

もっと、もっと、もっと。捨吉は声を張り上げた。痺《しび》れる指を時々、振り払いながら喜十は雪まろげを作り続けた。こうなりゃ、やけだ。喜十も意地になっていた。

日乃出屋の前には小振りの雪だるまの他に大小の雪まろげが並べられた。捨吉は上機嫌だった。

だから、翌朝、心ない者が苦心の雪まろげを容赦なく壊していたのを見て、喜十はがっかりした。捨吉は大泣きした。

「雪まろげはね、いずれ解けて消えるものなのよ。人様の暮らしには何んの関わりもないの。丸い形が可愛いと思えるだけ。丸い形も、ほら、壊れたら元の白い雪よ。世の中のつまらないことは、皆、雪まろげのようなものよ。そんなものにいつまでも未練を残しているのは下らないことよ」

おそめはわかるはずのない捨吉を懇々と諭《さと》して宥《なだ》める。おそめの言ったことがわかったのは喜十だった。

おそめの言う通りだ。鶴吉や音助の不思議な経験も雪まろげのようなものだ。終わってしまえば跡形もない。そんなものに振り回されているのは愚の骨頂だと。

「また、拵《こしら》えるよ」

喜十は捨吉にぽつりと言った。捨吉は途端に泣くのをやめた。本当かと言うように喜十を見る。

「お前が喜ぶんなら、十《とお》でも百でも雪まろげを拵えてやるよ」

「百は大袈裟《おおげさ》よ」

おそめが苦笑しながら言った。


その後、平塚円水が仙人から幽界の詳しい報告を受けたとは、喜十は聞いていない。上遠野は鶴吉のことをすっかり忘れてしまったのだろう。幸い、鶴吉は奉公を首になることもなく、平塚の屋敷に留《とど》まっているらしい。鶴吉の母親のおたまが日乃出屋を通り掛かった時に話していた。平塚が鶴吉にあれこれと訊ねる様子も今ではないらしい。まあ、これでよかったのではないかと喜十は思っている。

鶴吉は仙人の下僕の役目を解かれ、ただの学者の家の奉公人に過ぎない。それがいい。それでいい。喜十は他人事《ひとごと》ながら、ほっとしていた。師走の間中降っていた雪は年が明けるとともに解けて行った。

世間の人々は、やれ梅が咲いただの、鶯《うぐいす》が鳴いただの、早くも春の話題に夢中だった。

一升餅《もち》を背負った捨吉は、あまりの重さに最初は驚いた様子だったが、歯を喰い縛《しば》って踏ん張っていた。存外、意地があると喜十はすこぶる満足だった。

紅唐桟
べにとうざん

一

江戸は桜の季節を迎えた。浅草田原町《たわらまち》で古手屋《ふるてや》の「日乃出屋《ひのでや》」を営む喜十《きじゅう》にとっては、ことのほか感慨深い季節に思える。捨吉《すてきち》を養子にして、ちょうど一年が経《た》ったからだ。この一年は捨吉を中心に回っていた。最初は勝手がわからず、捨吉の行動を見ているだけで眼が疲れた。怪我《けが》をさせてはいけないし、風邪も引かせられない。熱でも出そうものなら、女房のおそめは、ひと晩中、眠らずに看病したものだ。幸い、捨吉は身体《からだ》が丈夫なほうで、熱を出したのは二度ぐらいだったが。また、捨吉が店座敷の品物に、うっかり触って汚されても困る。気の遣い方も相当だった。

世の中の親達は、皆、こんな思いをしながら子供を育てていたのかと、喜十は初めてわかった。

最近の捨吉は片言ながら言葉を喋《しゃべ》り出した。その口調は喜十とおそめの影響を感じる。

「まあ、たーへん（大変）」は、おそめが時々、口にすることだし、ぺこぺこしながら「おたさま（お客様）、おめ（が）たか（高い）ですねえ」というのは喜十が客に愛想をする時の様子を真似《まね》している。喜十もおそめも特に意識していなかったので、捨吉に言われて、改めて自分達の口調がそうであったのかと気づいた。大笑いすることも度々である。以前は腹を抱えて笑うことなど滅多になかったので、それだけでも捨吉を養子にしてよかったと思う。

捨吉は喋るだけでなく、眉間《みけん》に皺《しわ》を寄せ、唸《うな》り声を出すこともある。最初は何んのことか、喜十にはわからなかった。御詠歌《ごえいか》のようにも思えたが、どうも調子が違う。おそめが、ふと気づいて、木遣《きや》り節《ぶし》ではないかと言った。そう言われて、喜十もようやく納得した。

浅草広小路近くにある会所に鳶《とび》職の連中が集まり、木遣りの稽古《けいこ》をしていたのを捨吉は小耳に挟《はさ》んだのだろうか。鳶職は町火消しの御用も承《うけたまわ》り、また、祭りや祝言《しゅうげん》の際には木遣り節を唸って華を添える。わらべ唄《うた》より木遣り節を好むとは、子供ながら渋い趣味である。

捨吉は古手屋の主《あるじ》より、町火消しの纏《まとい》持ちをしたほうが似合うのではないかと、喜十は考えたりする。おそめに言えば反対するだろうが、頭で考えている分には誰にも文句を言われない。捨吉が一人前の大人になった姿を見るのが喜十の将来の楽しみでもあった。さて、捨吉はどんな男になるのだろうか。

その日の朝も「おお〜」だの「えええ〜」だのと、捨吉は渋い喉《のど》を聞かせていた。喜十も合の手を入れて調子を合わせる。おそめは台所でそれを聞きながら、時々、愉快そうに笑い声を上げた。

その時、見世の油障子が開いて、年の頃、十三、四の前髪頭の小僧が入って来た。お仕着《しきせ》の縞《しま》の着物に黒い前垂れを締めている。

「お邪魔致します。手前、本所石原町《ほんじょいしわらちょう》の『上総屋《かずさや》』から参りました。お内儀《かみ》さんにお取り次ぎをお願い致します」

小僧は畏《かしこ》まって口上を述べた。上総屋はおそめの死んだ母親の兄が営む材木屋だった。主はおそめの伯父に当たる。

小僧は客じゃないのだから、こんな時は勝手口を使うのが常識だが、言われた通りに口上を述べるのに精一杯で、そこまで頭が回らなかったらしい。それよりも、わざわざ本所から言づけを伝えに来たのは悪い知らせではないかと、喜十はつかの間、いやな気持ちがした。

「おおい、おそめ。上総屋さんから使いが来たよう」

喜十は台所に声を張り上げた。捨吉も、来たよう、と鸚鵡返《おうむがえ》しに言う。分別臭い顔をした小僧の顔がその拍子に弛《ゆる》んだ。

言づけは上総屋のお内儀からのもので、伯父の次左衛門《じざえもん》が病に倒れ、床に伏せっているという。医者は養生すれば回復すると言っていたが、次左衛門がしきりにおそめの名を出すので、お内儀は胸騒ぎを覚え、一度、見舞いに来てほしいと使いを寄こしたのだ。

次左衛門には娘がいなかったので、子供の頃からおそめを実の娘のように可愛《かわい》がっていたという。両親を亡《な》くし、たった一人の兄も遠くへ行ってしまい、喜十の女房になっているとはいえ、次左衛門は、おそめのことが案じられてならなかったのだろう。

「わかりました。近い内に伺いますと、伯母さんに伝えて下さいな」

おそめは小僧に駄賃を渡しながら言った。

小僧は嬉《うれ》しそうに帰って行った。だが、おそめは小僧が帰ると何度もため息をついた。

「すぐに行って来いよ」

話を聞いていた喜十はおそめに言った。

「伯父さんの家は本所の石原町だから、道中に手間は掛からないけど、病人の見舞いに捨吉を連れて行くのはどうかと思って」

　おそめは逡巡《しゅんじゅん》した表情で応《こた》える。

「捨吉の顔を見たら喜ぶと思うけどな」

「それはそうだけど、捨吉がぐずり出したら、伯父さん、却《かえ》って具合を悪くしてしまいそう。それに、伯母さんは伯父さんの看病で疲れていると思うの。女中さんはいるけれど、細かいことまで気が回らない。少し手助けもしたいのよ」

「じゃあ、捨吉を置いてけよ」

　喜十は気軽に言った。おそめは少し驚いた顔で喜十を見た。それから、無理よ、お前さんには、と力なく応えた。

「半日ぐらいなら何んとかなるさ」

「それは向こうに行ってみなければわからないじゃない。伯母さんがわざわざ使いを寄こしたのは、よほど切羽詰まっていたからよ。愚痴も聞いてやらなきゃならないし、それじゃ、これで帰りますと、すんなり言えるかどうか」

「だけど、行くと言ってしまったじゃねェか」

「………」

　おそめは表情を曇らせて思案していた。

「行って来い」

喜十はもう一度、強く言った。

「捨吉に後を追われる。どうしよう」

「隙《すき》を見て、勝手口から出かけたらいい」

「お前さん、本当に大丈夫？」

おそめは不安そうだ。

「何んとかなる」

「お昼はどうするの？」

「やぶ源《げん》で蕎麦《そば》の出前でも取るさ」

やぶ源は喜十の見世の近所にある蕎麦屋だった。

「あたし、留《とめ》さんのおかみさんに、ごはんだけでも炊《た》いて貰《もら》うよう頼んでくる。ごはんがあれば、後は納豆や漬け物で食べられるし」

おそめは家のことが心配で、近所の大工の女房に声を掛けるつもりのようだ。

「それもいい。わっちがやる。こういうことは、これから先、何度もあるだろう。捨吉のためにもいい機会だ」

その時の喜十は本当にそう思っていた。二六時中、おそめから離れない捨吉が親離れするための修業だとも思った。

おそめは手早く仕度をすると、喜十に目顔で合図して、そっと出かけて行った。

捨吉はしばらくの間、木遣り節を唸りながら、でんでん太鼓を振り回して遊んでいたが、突然、それを放り出した。

「おかしゃん……」

独り言を呟《つぶや》いたかと思うと、台所に行き、おそめを呼ぶ。返答がないと、今度は厠《かわや》に通じる庭へ向かって声を張り上げた。ひくひくと喉が鳴る音が聞こえ、やがて大泣きになった。喜十は聞こえない振りをして、品物の整理をした。捨吉は泣きながら喜十の傍にやって来た。それでも喜十はあやすこともせず、泣くに任せていた。だいたい、おそめは捨吉が泣くと、すぐに抱き上げて宥《なだ》める。

子供は、たまに腹一杯泣くのも必要だと喜十は思っている。

「たん（ちゃん）、おかしゃんは？」

捨吉は泣きながら訊《き》いた。お、こいつは初めて会話になることを喋ったと、喜十は少し驚いた。

「おっ母《か》さんは用事で出かけた。捨吉はお留守番だ」

そう言うと、また捨吉は泣き出した。泣け泣け、一生、泣いてろ。喜十は小意地悪く胸で呟いた。おそめがいないのだから、ここは自分の流儀でやるつもりだった。
捨吉は、いい加減にしろと怒鳴りたくなるほど泣き続けたが、やがて店座敷の座蒲《ざぶ》団《とん》にころりと横になり、親指をしゃぶりながら眠ってしまった。泣き疲れたらしい。喜十は頭の中がすっとした。風邪を引かないように、捨吉の上にどてらを被《かぶ》せた。眠っている捨吉は無邪気な表情で、喜十も可愛いと思う。眼が覚めたら、また泣くのかと思えば、うんざりだ。他にもうんざりする世話があった。おむつの取り替えである。小はともかく、大のほうは、うまくできるかどうか自信がなかったが、やるしかなかった。

捨吉が眠っている間に、喜十はやぶ源に行って、蕎麦の出前を頼んだ。蕎麦は捨吉も喜んで食べる。晩めしは釜《かま》に残っているめしで粥《かゆ》を炊こうと算段していた。やぶ源の若い者が蕎麦を届けに来ると、捨吉が眼を覚ました。おそめのことを思い出す前に「ささ、おむつを取り替えよう。濡《ぬ》れて気持ちが悪いだろう」と言って、捨吉を仰向《あおむ》けにした。幸い、小のほうだったので、喜十は、ほっとした。ついでに外へ出て、さあ、もう一回、シーシーしようと、股《また》を開いてやると、捨吉は勢いよく放尿してくれた。

「いい子だな」

喜十は褒《ほ》めてやった。いい子、いい子と、捨吉は自分で自分の頭を撫《な》でた。おむつを取り替え、汚れたものを台所の洗濯盥《だらい》に入れ、手を洗ってから、ようやく蕎麦に向き直った。今日ばかりは、客が訪れないことを喜十は祈っていた。客の相手をしている横で捨吉に泣かれたら、眼も当てられない。

二

午後になると、捨吉はまたぐずり始めた。

面倒臭いので、喜十はおぶい紐《ひも》で背負ってやった。そうしてやると、捨吉は少しおとなしくなる。

客は二人ほどやって来た。捨吉を背負って商売をする喜十に、旦那《だんな》さんも大変だ、と労をねぎらってくれた。客が帰ると喜十は台所へ行き、鍋《なべ》に冷やめしを入れて粥を炊いた。卵があったので、それも入れることにした。卵入りの粥は喜十も好物である。

夕方になって、北町奉行所の隠密廻《おんみつまわ》り同心の上遠野平蔵《かとのへいぞう》が土地の岡っ引きの銀助《ぎんすけ》を伴って日乃出屋を訪れた。開口一番、上遠野は、お内儀はどうした、と心配そうに訊く。喜十が捨吉を背負っていたので、おそめに何かあったのかと、すぐに思ったらしい。

「うちの奴《やつ》の伯父が病《やまい》に倒れたんで、見舞いに行ったんですよ。倅《せがれ》を連れて行けば邪魔になるってんで、わっちに預けて行きました」

「災難だのう」

相変わらず、引っ掛かる言い方をする男だ。災難ではなく、大変と言うべきだろう。傍に控えている銀助も、いい気味だと言わんばかりの表情をしている。上遠野は捨吉の頬を指でちょんちょんと突いて、おっ母さんがいなくて寂しいのう、と余計なことまで喋る。捨吉はその拍子に声を上げて泣いた。

「すぐに帰って来る。泣くな」

喜十は怒気を孕《はら》んだ声で捨吉を制した。

「捨吉の守《も》りで忙しいところすまんが、お前にちょいと見て貰いたいものがある」

上遠野は店座敷に上がると、そんなことを言った。銀助は縁《へり》にひょいと腰を下ろした。喜十は火鉢の鉄瓶の湯で茶を淹《い》れながら、何んでござんしょう、と怪訝《けげん》な眼をして訊いた。上遠野は銀助に顎《あご》をしゃくった。銀助は、へいと応え、懐《ふところ》から女物らしい紙入れを取り出した。

喜十の前に差し出されたそれは、結構な上物だった。紅唐桟《べにとうざん》と呼ばれる縞織物で紙入れのかぶせ（蓋《ふた》）には茄子《なす》の意匠の飾りがついている。

「これはどうなさったんで」

喜十は二人に茶の入った湯呑《ゆのみ》を差し出して訊く。

「ふむ。喧嘩沙汰《けんかざた》を起こした男を銀助がしょっ引《ぴ》いたところ、これを持っていたのよ。勇吉《ゆうきち》という二十五の男は、花川戸町《はなかわどちょう》の裏店《うらだな》に母親と二人で住んでおる。鳶職をしておるが、仕事も休みがちで、金は小銭しか持っていない。そういう男がこのような紙入れを持っていたのが解《げ》せぬ。勇吉は浅草広小路を歩いている時に拾ったと言っておるが、信用できぬ。しかし、この辺りの自身番に問い合わせても、紙入れの紛失届けは出ておらぬのだ」

喜十は紙入れを手に取って、ためつすがめつした。見れば見るほど上等な紙入れである。渋い紅色の地に灰色がかった青の縞模様が粋《いき》だった。内側には黒っぽい革を貼《は》ってある。

「こういう紙入れを持っているおなごに心当たりはないか」

上遠野は喜十の表情を窺《うかが》いながら続ける。

「さて、このような上等の品を持っているおなごは、武家のご新造《しんぞう》か、町家では大店《おおだな》のお内儀ぐらいでしょう。多分、これは袋物屋でわざわざ誂《あつら》えたんだと思います。この生地も紅唐桟と呼ばれる高級品で、着物に仕立てるとなったら、絹物より高直《こうじき》になりますよ」

唐桟（縞）は江戸に幕府が開かれて間もなくの頃に阿蘭陀《オランダ》人によって伝えられた織物である。

織物職人がそれを真似て拵《こしら》え、今では全国に及んでいる。生地がしっかりして、洗えば洗うほど味が出ると評判が高い。上遠野は紋付羽織の下に唐桟の着物を着ていることがある。それは父親の形見だと言っていた。

銀助も唐桟の着物と対の羽織を着ているのを見たことがあった。

しかし、同じ唐桟でも、その紙入れのような紅色は、滅多に見ることはなかった。

「紅唐桟か……よい名だの。いかにも風情《ふぜい》がある」

上遠野はひとしきり、感心した表情になった。

「日乃出屋、懇意にしている袋物屋にちょいと訊いてくんねェか」

銀助が横から口を挟んだ。

「わっちが？　とんでもない。そいつは親分の仕事でしょうが」

喜十は慌《あわ》てて言う。

「浅草広小路にゃ、どうもその紙入れを拵えた見世《みせ》はなさそうなのよ。後は日本橋か京橋の見世になる。縄張違《しまち》げェだし、どうも気が引けてな」

銀助は気後れした顔で言った。

「旦那に心当たりはねェんですかい」

喜十は上目遣いで上遠野に訊く。ない、と間髪を容《い》れず応える。背中の捨吉が「ない！」と上遠野の口調を真似た。ようやく泣きやんでくれた。上遠野は捨吉の言葉に笑った。

「あいにくですが、わっちはこの通り、倅の世話で身動き取れやせん。他の人に頼んで下せェ」

喜十は断るつもりでそう言った。

「特には急がぬ。お前に暇ができてからでもよい。なに、持ち主がわかればそれでよいのだ。無事に返してやれば喜ぶと思うてな」

上遠野は、しゃらりと応える。こいつら、紙入れの処分に困って自分に面倒を押しつけて来たのだと、喜十はようやく合点した。

色よい返事をしない喜十に構わず、上遠野は、頼んだぜ、と紙入れを置いて帰って行った。

ため息が出た。何んでいつもこうなんだと思う。少しでも布に関わる問題が起きると、上遠野はすぐに喜十を頼る。自分は古手屋で、端切《はぎ》れ屋でも袋物屋でもない。だが、上遠野は布の商売を一緒くたに考えているようだ。奉行所の同心とは存外、世間知らずだと、喜十は皮肉な気持ちで思った。

その時、ぷーんと穏やかならざる臭《にお》いが鼻を衝《つ》いた。捨吉がいきんでいる。や、や、とうとうやってくれたか。喜十は顔をしかめた。心底、情けなかった。大汗をかいて捨吉のおむつを取り替えると、喜十は捨吉を背負って外出しようと思った。

このまま捨吉と二人で見世にいても気が塞《ふさ》ぐばかりだ。知り合いの袋物屋を当たり、戻って来ればおそめが帰っている頃合かも知れないとも思った。見世を閉めることは本意でないが、こういう場合は仕方がない。替えのおむつと提灯《ちょうちん》、それに例の紙入れを携えて喜十は外に出た。捨吉は外へ出るのが嬉しいらしく、喜十の背中でぴょんぴょんと身体を揺らした。

日本橋の檜物町《ひものちょう》は喜十が十二歳になるまで過ごしていた場所だ。父親はその頃、質屋を営んでいたのだ。事情があって商売を畳み、浅草の田原町へ引っ越したが、少年時代を過ごした場所は懐《なつ》かしかった。近所の上槙町《かみまきちょう》に「鶉屋《うずらや》」という袋物屋があったのを、喜十は覚えていた。まずは、そこを当たってみようと思った。

鶉屋は、鶉を飼うことを趣味にしていた主が、ふと袋物屋を開く気になって始めたという。商売のきっかけは思いつきから始まることが多い。それを天の配剤でもあるかのように人へ語るので笑ってしまう。たまたまうまく行っただけだろう。皮肉屋の喜十はそう思う。自分が古手屋をしているのも、さほど元手がいらなかったせいだ。新たに質屋を開くなどは、できない相談でもあった。

鶉屋は代替わりしていたが、永三郎《えいざぶろう》という喜十より五つばかり年上の主は喜十を覚えていた。紙入れのことを訊くより先に、昔話に花が咲いた。永三郎には十五、六の娘が二人いて、捨吉に気づくと奥へ連れて行って、一緒に遊んでくれた。それには喜十も大いに助かった。捨吉もおそめのいない寂しさが少しでも紛《まぎ》れるだろう。

「で、今日は何んだい。餓鬼を連れて浅草からわざわざやって来たところを見ると、かみさんに逃げられたのかい」

昔話が済むと、永三郎は真顔になって訊いた。

「いいえ、ご心配なく。女房は本所の伯父さんの見舞いに行ってるだけですよ。実は兄さんに、ちょいと見て貰いたいものがありまして」

喜十は紙入れを取り出して永三郎の前に差し出した。

「紙入れじゃないか」

「ええ。落とし物らしいです。浅草の岡っ引きから袋物屋を当たってくれと頼まれたんですよ。なまじ上等の紙入れですから捨て置くこともできなかったんでしょう。こいつは兄さんの見世のもんじゃありやせんかい」

「つまらない野暮用を引き受けたものだ。相変わらず人がいい。あいにくだが、これはうちの品物じゃないよ」

扱う品物は袋物屋の主なら一目見てわかるのだろう。六畳ばかりの店座敷には木製の衝立《ついたて》のようなものを置き、そこに莨入《たばこい》れだの、紙入れだのを釘《くぎ》に引っ掛けている。客はそれを見て好みの品を注文するようだ。永三郎の横で年寄りの職人が作業をしていたが、永三郎自身も袋物を拵える。抽斗《ひきだし》つきの作業台には製作中の青羅紗《あおらしゃ》の紙入れが載《の》っていた。

「だが、まてよ。こいつは『鈴《すず》よし』の師匠の作じゃないかな」

永三郎は、ふと気づいたように続けた。鈴よしとは鈴屋よし彦という袋物の名人のことだった。大名屋敷のお姫様の筥迫《はこせこ》（女性が持つ箱型の紙入れ）なども拵えていたという。

「鈴よしは五年ほど前に亡くなっているが、この紙入れは、それほど古びていないから、師匠の最後の作になるのかも知れない」

「買うとなったらお高いのでしょうな」

「もちろんだよ。だいたい、鈴よしに手間賃は幾らになるなんて訊いたら、臍《へそ》を曲げて帰っつくれと言うんだ。客は希望を言って引き下がるしかないのさ。前金具は鈴よしの息の掛かった錺《かざり》職人に任せ、それができ上がってから品物を拵えるんだ。すべて合わせると、手間賃もかなりの額になる。客は幾ら請求されるのか、でき上がるまでわからないんだよ。だが、鈴よしは法外な金は取らない。真っ当な額だ。それでも並の人間には手が出ないがね。だから、鈴よしに注文できる客というのは、懐にかなり余裕のある者だろう。また、使っている内に綻《ほころ》びが出たら、鈴よしは只《ただ》で手直しする。そこが普通の袋物屋とは違う」

「なるほど。この紅唐桟は、わが国の産ですかい。目が詰まっていて、織りもしっかりしている。わっちも唐桟の類《たぐい》は見て来ましたが、これほど上等な品は見たことがありやせんよ」

「これは紅毛裂《こうもうぎれ》だろう」

異国から輸入されたものだと永三郎は言った。

「しかし、わが国は、異国と交易はしていねェんでしょう？」

「いや、唐と阿蘭陀の物なら長崎から品物が入って来るよ。そうじゃなかったら、わたしらの商売は続けられないよ」

阿蘭陀なんて言葉がすんなり出るところは、さすがに袋物屋である。

「兄さんのところも紅毛裂を扱った品物が多いんですかい」

「ほとんどそうだよ。近頃は値の安い更紗《さらさ》や羅紗の紙入れが人気で、京の西陣でも織っているが、客は、やはり紅毛裂のほうに眼が行く。異国の香りに魅《ひ》かれるんだろうな」

永三郎は客の気持ちを察しているかのように応える。

異国の品物が入って来なければ、袋物屋や唐物屋《からものや》は商売がなり立たないようだ。

しかし、幕府は異国への渡航を禁じている。禁じられれば、なおさら人は異国への憧《あこが》れが募《つの》るのだろう。喜十は、異国へ行ってみたいと思ったことはないが、紅毛裂を使った紙入れや莨入れを求める者は、異国への憧れをそれで満たしているような気もした。

「鈴よしの見世はどこにあるんで？」

紅唐桟の紙入れが鈴よしの品だとすれば、そちらにも当たらなければならない。そろそろ外も暗くなって来た。見世へ戻らなければならなかった。

「不忍池《しのばずのいけ》の近くの池之端《いけのはた》にあるよ。その辺りで訊けば、すぐにわかる。鈴よしの倅と孫が跡を継いで、今でも繁昌《はんじょう》している」

「この紙入れが、爺《じい》さんが拵えたもんだとわかりますかねえ」

「鈴よしは先代の流儀を守っている。わからないなんてことは万にひとつもありゃしない」

永三郎は、きっぱりと応えた。

捨吉は永三郎の娘達とまだ遊んでいたいらしく、帰ると言うとぐずった。

「坊、またおいで」

上の娘が優しく言った。

「守りをしてくれて、ありがとよ。お蔭《かげ》でお父《と》っつぁんと、ゆっくり話ができたよ」

喜十は娘達に礼を言った。

「そんな、あたし達こそ楽しかった」

上の娘は下の娘と顔を見合わせて言う。下の娘も、こくりと肯《うなず》いた。

「兄さん、いい娘達ですねえ」

そう言うと、永三郎は、なあに、こいつら、子供好きなんですよ、と照れたように笑った。

さすがにその時刻から池之端に向かうのは無理と諦《あきら》めて、喜十は日本橋の船着場から猪牙舟《ちょき》を頼んで浅草へ戻った。

日乃出屋に灯《つ》りは点いていなかった。おそめはまだ帰っていないようだ。今夜は泊まるのだろう。

捨吉と二人で冷えた粥を食べると、遊び疲れた捨吉はとろとろと眠気が差したらしい。

二階の寝間には行かず、茶の間に蒲団を敷いて捨吉を寝かせた。留守にしている間に客が来たかも知れないと考えると、少し後悔する気持ちも生まれたが、見世にいたらいたで、紙入れのことが気になっただろう。何より捨吉が退屈することなく過ごせたのはよかったと思う。

その夜、いつものように四つ（午後十時頃）まで見世を開けていたが、客は来なかった。

外の通りから花見帰りの酔っ払いの声が、やけに響く。こちとら、花見どころじゃねェわな。喜十はやけのような気持ちで呟いた。

明日は、朝一番で捨吉と一緒に湯屋へ行き、それから池之端へ行こうと喜十は思った。

使った食器を流しに持って行くと、洗濯盥のおむつが眼についた。長い吐息をつくと、喜十は庭の井戸へ洗濯盥を運び、提灯に火をともしておむつを洗った。これが子持ちのやもめだったら、ずい分、侘《わび》しいだろうなあと思いながら。

三

朝一番の湯屋は湯の温度も高い。湯番に水を埋《う》めてくれと催促すると、朝湯の常連客が顔をしかめた。熱い湯が好きらしい。仕方なく、捨吉の身体に桶《おけ》で何杯も湯を掛けた。

湯に入れてやらないと、赤ん坊はすぐにおむつかぶれを起こす。常連客は子連れの喜十に頓着《とんちゃく》せず、眼を閉じて木遣りを唸り出した。

そうか、捨吉は湯屋で木遣りを覚えたのかと喜十は得心した。捨吉は嬉しそうに自分も唸る。五十がらみの客はそれを聞いて、坊主《ぼうず》、木遣りが好きなのけェ、と妙に感心し、水を埋めるのを許してくれた。

番台のお内儀は捨吉の着替えを手伝ってくれた。普段はあまり感じていなかったが、周りの大人の親切が改めて身に滲《し》みた。

見世に戻り、勝手口に湯道具を放り出すと、喜十はそのまま池之端を目指した。鈴よしは上野寛永寺《かんえいじ》の山門に通じる三枚橋を西へ行った場所にあった。広い不忍池もすぐ傍にある。池の袂《たもと》には細い枝垂《しだ》れ桜が微《かす》かに揺れていた。

鈴よしは、さほど大きな見世ではなかった。だが、土間口前はきれいに掃除して箒《ほうき》目《め》がつけてある。柿色《かきいろ》の暖簾《のれん》の前には笹竹《ささだけ》の鉢が置いてあった。

「ごめん下さいやし」

訪《おとな》いを告げて中に入ると、狭い店座敷に床の間を設《しつら》え、山水画の掛け軸が下がっている。その下に、季節柄で備前焼の壺《つぼ》に桜の枝が投げ入れられていた。何も知らずに見世に入った者は、何んの商売をしているのか思案するだろう。職人は奥の作業場で仕事をしているようで、店座敷には端切れひとつも見当たらなかった。

ほどなく、黒っぽい着物に角帯を締めた細身の男が出て来て、お越しなさいませ、と丁寧に頭を下げた。二十五、六の若者だった。

店の手代なのか、鈴よしの倅なのか、ちょっとわからない。

「手前は浅草で古手屋を営む喜十と申しやす。実はちょいとお訊《たず》ねしたいことがありまして」

「何んでございましょう」

子供を背負っている喜十に男は怪訝な眼を向けていた。それを見て、喜十は早口に用件を述べた。

「この紙入れなんですが、おたくさんの見世の品物じゃないですか」

喜十は紅唐桟の紙入れを取り出して見せた。男は、つかの間、思案する表情をしたが、「はい、確かにこれはうちで造った紙入れでございます」と応えた。

「持ち主がわかりますかい」

そう訊くと、男は、はっきりと怪しむような眼になった。喜十のうろんな表情がそう思わせたものだろうか。

「失礼ながら、お客様はこれをどこで手に入れたのでしょうか」

「頼まれたんですよ、持ち主を当たってくれと」

「どなたにですか」

「浅草広小路の岡っ引きの親分からです。上等な紙入れですから、持ち主に返してやりたいと親分はおっしゃいやして」

「何んという名の親分さんですか」

疑われていると思うと、喜十の腋《わき》の下を冷たい汗が流れた。

「持ち主をご存じでしたら、置いて帰ってもいいですよ。おたくさんが届けて下せェ。手間が省《はぶ》ける」

喜十は不愉快になって言った。

「いえ、それは困ります。お金も入っていることでしょうし」

「お金って、紙入れだけですよ」

「空の紙入れをお届けなさったんですか」

「はい……」

そう応えると、男は一旦《いったん》、奥へ引っ込んだ。それからしばらく、喜十は待たされた。男は持ち主がわかっているようだ。だったら、このまま置いて行こうかとも喜十は考えていた。

礼金でも要求するためにやって来たと思われてはたまらない。

だが、そう思った矢先、男は六十がらみの年寄りと一緒に現れた。

「手前、主の鈴屋此彦《このひこ》と申します。父親が拵えた紙入れをお届けいただき、ありがとう存じます」

慇懃《いんぎん》に頭を下げたが、やはり、主も疑うような眼をしていた。

「こんな餓鬼連れでやって来たんで、おたくさんは怪しいと思われたんでしょうな。さっきも、そちらさんにお話し致しましたが、手前は浅草の田原町で古手屋をやっておりやす。土地の親分は、古手屋なら袋物屋にもつてがあるだろうと考え、手前にこの紙入れを預けたんですよ。昨日、日本橋の鶉屋さんに参りましたところ、これは鈴よしさんの品ではなかろうかとおっしゃったんですよ。鶉屋の旦那は幼なじみなもんで」

「ほう、鶉屋さんなら、よく存じております」

主はようやく表情を和ませた。

小太りで猪首《いくび》の主は、身仕舞いがきっちりしていて、どことなく品も感じられる。横にいる若い男は痩《や》せて主よりも背が高い。だが、目許《めもと》が似ているので、この二人は親子なのだろうと喜十は思った。

「お疑いなら、鶉屋さんにお問い合わせいただいても構いませんよ」

喜十は念のため、そう言った。

「いえいえ。疑うなど滅相もない。お客様は立派にご商売をしている方とわかりました。お子様連れなので、少々、訳ありのようにもお見受けした次第でございます。お気を悪くされたのでしたら、お許し下さいませ」

主は白髪交じりの頭を下げた。

「女房が倅を置いて親戚《しんせき》の見舞いに行ってるんですよ。そんな時に、この紙入れが持ち込まれたもので、仕方なく、倅を背負って、あちこち歩き回っておりました。鶉屋の旦那には、そんな野暮用を引き受けるとは人がいいと呆《あき》れられました」

「あの人が言いそうなことだ。ところで、この紙入れがお客様のお手許に参りました経緯《いきさつ》を、もう少し詳しくお話しいただけませんか」

主は、真顔になって言う。喜十は手短に、しょっ引かれた男が分不相応な紙入れを所持していたので、その紙入れの出所を探ってほしいと土地の岡っ引きから頼まれたと話した。

上遠野の名前を出してもよかったが、隠密廻り同心などと言ったら、主は怖気《おじけ》をふるってしまいそうな気がしたので伏せた。

「なるほど。それで古手屋さんのあなたが鶉屋さんにおいでになり、それからうちの見世となった訳ですね」

「さようでございやす。しかし、肝腎《かんじん》の持ち主は自身番に届けを出していないようなんですよ。届けを出していれば、ほどなく持ち主に返されたと思うんですが」

そこが喜十にも解せなかった。

「届けられない事情があったのでしょう」

主はため息の交った声で言った。

「どういうことなんで？」

喜十は、まじまじと主の顔を見つめた。勧められて店座敷に上がり、捨吉を下ろすと、若いほうの男が奥へ連れて行った。同じ年頃の娘がいるので、話が済むまで一緒に遊ばせると言ってくれた。やはり、若い男は主の息子だった。

捨吉の重みで大層、肩が凝《こ》った。喜十は肩を摩《さす》りながら主の話を聞いた。

もちろん、鈴よしの主は持ち主に見当がついていた。下谷《したや》広小路で町医者をしている山崎宗安《やまざきそうあん》が息子の嫁のために注文したものだった。

「山崎先生の息子さんの尚安《しょうあん》先生は長崎に遊学しておいででしたが、七年ほど前に江戸にお戻りになりました。山崎先生は、これでようやく肩の荷が下りた、いつでも隠居できると大層、お喜びのご様子でした。許嫁《いいなずけ》もいらして、その方は山崎先生のご友人の娘さんで、江戸にお戻りになったら、早々に祝言を挙げる予定だったのです。ところが……」

そこまで言って、主は表情を曇らせた。祝言の準備をしていた頃に長崎から尚安の後を追って来た娘が現れたという。山崎家は当然、上を下への大騒ぎとなってしまった。

「若先生が長崎でなじみとなった娘だったのですね」

喜十は訳知り顔で訊く。

「はい。ただの娘ではなく、丸山《まるやま》という色街の遊女でした」

「…………」

「若気の至りと言えばそれまでですが、尚安先生は、ちと羽目を外し、女房にすると甘い言葉を囁《ささや》いてしまったのでしょうな。まあ、尚安先生も男の端くれですから、仕方がないことですが」

「妓《おんな》はそれを真に受けてしまったのですかい？　遊女にしては存外に初心《うぶ》だ」

喜十は半ば呆れた。いずれ尚安が江戸へ戻ることを了簡《りょうけん》できなかったのだろうか。

「妓は立場を忘れ、とことん、惚《ほ》れこんでしまったのでしょう。つてを頼って廻船問屋《かいせんどいや》の船に乗り込む手はずをつけたのです。江戸までは長い道のりです。水夫《かこ》達に悪さをされないために妓は男の形《なり》をして、顔には墨まで塗り、はるばるやって来たのですよ」

「銭を持たせて返さなかったのですかい」

「尚安先生はそのつもりでいたようですが、父親の山崎先生が、そんな思いまでして江戸に出て来たとは見上げたものだと、いたく妓に感心致しまして……」

「それで許嫁のほうを蹴《け》って長崎の妓を女房にしたという訳ですかい」

「おっしゃる通りです。しかし、尚安先生のお気持ちは長崎の土地を離れた時から、すでに決まっていたのです。すっぱりおりくさんのことは忘れようと」

　おりくというのが妓の名前らしい。

「気持ちが離れたままで、若先生はおりくさんと祝言を挙げたのですか」

「いえ、許嫁のお家に遠慮なさり、祝言は致しませんでした」

「それからずっと、おりくさんは山崎先生の家に留まっていたんですかい」

「さようでございます」

　それも酷な話だと思う。おりくは尚安の気持ちを取り戻そうと、心労で倒れた姑《しゅうとめ》の看病を親身にしたという。縁談を反故《ほご》にしたために色々と面倒なことがあって、宗安の妻は具合を悪くしてしまったのだ。しかし、それでも尚安はおりくに振り向こうとしなかった。

　内心ではおりくが諦めをつけて長崎へ帰ることを願っていたらしい。おりくは尚安の気持ちを知りながら、じっと耐えていた。舅《しゅうと》の宗安はそんなおりくを不憫《ふびん》に思い、好みの着物や簪《かんざし》、身の周りの物を与えた。紅唐桟の紙入れもそのひとつだった。長崎にいた頃、遊女屋のお内儀がそれを持っていて、いつかは自分も手に入れたいと、おりくは望んでいたらしい。鈴よしの先代は、おりくの紙入れができ上がると間もなく、心ノ臓の発作を起こして倒れたという。宗安が懸命に介抱したが、その甲斐《かい》もなく先代は帰らぬ人となった。

「尚安先生はその内、よそに女を囲うようになりました。山崎先生はご自宅で病人の世話をなさり、尚安先生は往診を主に引き受け、ほとんどご自宅には寄りつかなくなってしまったのです。去年、山崎先生の奥様が亡くなりますと、おりくさんの気持ちの張りもいっぺんに失われてしまったのでしょうな。ふらふらと出歩き、あろうことか言い寄って来る男について行くようになったのです」

「まさか」

喜十は眼を剝《む》いた。

「いえ、本当のことです。この界隈《かいわい》では評判になっております。ですから、おりくさんが紙入れをなくされたのも、男と一緒に出歩いていた時のことでしょう。尚安先生は不義密通で離縁するとおっしゃってるようですが、わたしに言わせりゃ、それも手前《てめ》ェが蒔《ま》いた種だろうが、というところですよ」

主は最後に吐き捨てるように言った。

「旦那、それじゃ、この紙入れはどうしたらいいでしょうね」

心細い気持ちで喜十は訊いた。

「おりくさんは近い内に長崎へ戻られるでしょう。このまま江戸に留《とど》まっていても、いいことは何もないですからね。山崎先生はおりくさんが困らないように、それ相当のものを持たせるはずです。できれば、うちの親父《おやじ》が最後に拵えた紙入れは、お持ちいただければ幸いなのですが。しかし、手前が申し上げても、素直に聞いて下さるかどうか……」

喜十は吐息をひとつついて、わっちがお届け致します、と言った。

「しかし……」

「いらないと言えば、それまでですよ。浅草の親分に返して、後は親分に任せます。先代の心がこもった紙入れですから、できれば持っていてほしいという鈴よしさんの気持ちを伝えます。それだけでいいじゃねェですか。ごちゃごちゃ余計なことを言うつもりはありやせん」

「そ、そうですか」

主は俄《にわか》に夜の明けたような表情になった。

暇《いとま》を告げると、主の息子が捨吉を連れて来て、おむつを替えておきましたと言った。

「こいつは畏《おそ》れ入りやす」

喜十は恐縮して頭を下げた。

「汚れたおむつは洗っておきますので、お近くに来た時にお持ち帰り下さい。娘のおむつは返さなくて結構です」

捨吉が使ったおむつを再び娘に使わせるのがいやなのだろう。その気持ちは何んとなく喜十にもわかった。喜十は素直に肯いた。

四

山崎宗安の自宅兼診療所は鈴よしの見世からほんの一町ばかり行った先にあった。黒板塀を回した瀟洒《しょうしゃ》な家には長屋門がついており、開け放した門を入ると、病人が土間口の床几《しょうぎ》に座って順番を待っていた。

母屋《おもや》は庭を通ったところにあり、玄関構えは外観から比べて質素に思えた。捨吉は眠っていた。眠った子供は重い。

「ごめん下さいやし」

訪いを告げると、その家の女中らしいのが出て来た。紅唐桟には到底及ばない、粗末な木綿縞の着物を着た娘だった。

「お内儀さんはご在宅ですかな。手前、浅草の田原町で古手屋をしております喜十という者です」

「若奥様のお知り合いでしょうか」
十五、六の赤ら顔の女中はお内儀を若奥様と訂正した。商家じゃないのだから、お内儀よりも若奥様だろうと喜十も納得した。
「いえ、若奥様には初めてお目に掛かります。鈴よしさんから紹介されたとおっしゃって下せェ」

「はい……」

怪訝そうな表情をしたが、女中は奥へ引っ込み、おりくを呼んでいる様子だった。ほどなく、二十四、五の女が現れた。着ている着物も頭の簪も大層、上等な品に見える。眠そうな眼をしていたから、昼寝でもしていたらしい。

「何んのご用でしょうか」

おりくは、かったるそうな口調で訊く。

「若奥様は紙入れをなくされておりますね。お届けに上がりました」

喜十は言いながら、式台に紙入れを置いた。

おりくは、しばらく紙入れを見つめ、何も言わなかった。

「どうぞ、お受け取り下さい。鈴よしさんは、先代が心を込めて拵えた紙入れですから、できれば長くお持ちいただきたいとのことでした。お高い紙入れでございますからね」

「たかが紙入れが何んだって言うのよ。別にそんな物がなくても暮らしには困らない」

おりくは声を荒らげた。捨吉が驚いて、ぎゃっと泣いた。おう、よしよしと背中を揺すり上げると、捨吉は泣き声を止め、突然、おかしゃん、と言った。おりくがおそめに見えたのだろうか。

「おっ母さんじゃないよ。よその奥様だ」

喜十は宥める。その拍子におりくは、ふっと笑った。

「坊のおっ母さんはどこにいるのだえ」

こもったような低い声が色っぽい。

「ちょいと親戚の家に行ってるんですよ。わっちは、こいつを預けられて大忙しですよ」

「子供の世話ができる旦那は果報者だ。世話をしたくてもできない人が世の中にはご

いい

まんといるのに」

以前、おそめもおりくと同じようなことを言っていたと思う。顔は全く似ていないが、雰囲気は似ているかも知れない。捨吉は敏感にそれを察して、おかしゃんと呼んだのだろう。

「さいですね。ありがたいと思って大事に育てますよ。で、この紙入れはどうなさいやす。捨てろと言えば捨てますが」

「鈴よしであたしのことを聞いたのかえ」

「ええ。袋物屋は注文された品物のことは帳面につけておりますので、若奥様のものだと、すぐにわかりました」

「他にも何か言っていただろう。元は遊女だから、男にだらしないとか何んとか」

「いえ、そんなことはおっしゃっておりませんよ。ただ、若奥様がお気の毒だと同情していらっしゃいました」

「気の毒？」

「ええ。はるばる長崎から若先生を追い掛けて来たというのに、若先生はつれない態度をなさり、あろうことか、よそに女まで囲っているとか。鈴よしの旦那も大層心配しておりやした。近い内に若奥様は長崎へ戻られるようなことも聞きましたが、本当ですか」

「ええ。江戸にいても仕方がないから」

「そうでしょうな。若奥様にとっちゃ、江戸は辛《つら》い思い出しかない場所でしたね」

そう言うと、おりくは、いいいしゅんと洟《はな》を啜《すす》った。それから、坊を抱かせて、と言った。

喜十が捨吉を下ろすと、捨吉はおりくの胸にしがみついた。よほど寂しかったのだろう。

「人見知りしないで、いい子だこと」

おりくは嬉《うれ》しそうに言った。喜十も式台にそっと腰を下ろした。

「姑さんの世話で大変でしたから、若奥様はろくに江戸見物もなさってねェんでしょうね」

「ええ。お舅《とう》さんが一度、芝居見物に連れて行ってくれただけ」

「今の時季は上野や向島《むこうじま》で桜が満開ですぜ。わっちの見世は浅草広小路の傍にありやすが、毎日、浅草寺へお参りする人で賑《にぎ》やかですぜ。一度、お出かけ下せェ。そうそう、この近くにゃ、寛永寺がある。そちらには行かれましたかい」

「いいえ。寛永寺はお武家様のお寺ですから、あたしら町人には縁のない所ですよ」

「若奥様は長崎の訛《なま》りがありやせんね。気をつけていらっしゃるんですかい」

そう訊《き》くと、おりくは、虚《きょ》を衝《つ》かれた表情になり、頭に血が昇るとお国訛りが出ると応《こた》えた。

「長崎はどんな町なんで？」

「長崎は坂だらけの町ですよ。坂、墓、ばかが長崎の特徴ですよ」

おりくは少し弾んだ声で言った。

「坂、墓、ばかですかい」

喜十が繰り返すと、捨吉は得意そうに「ああか」と言った。ばあかと言っているのだ。

「ばかがわかるのかえ。でも坊はばかじゃない。お利口さんだ」

おりくは優しく捨吉をあやした。長崎の人々は信心深く、墓参りをまめにするそうだ。また、祭りとなったら仕事も放り出してのめり込むので、それをばかと呼ぶらしい。同じ韻を踏むので、長崎の人々には好んで遣われるようだ。

「こり（れ）、こり、きれえねえ」

捨吉はおりくの銀簪に手を伸ばして言う。

「ありがと、褒めてくれて。でもね、きれいな簪も着物も、小母《おば》さんは何もほしくないのよ」

ほしいのは尚安の心だけとおりくは言いたいようだ。

「長崎に戻ったら何をなさるんで？」

おりくのその後が案じられた。

「足抜け同然で逃げて来たから、戻れば、また泥水啜る商売になるだろうね」

おりくは他人事《ひとごと》のように言う。

「でしたら、江戸に留まり、お舅さんに小間物商売でもできるように頼んだらどうですか。きっと承知して下さると思いますが」

「どうして、他人のおたくさんがあたしのことを心配するの？」

「さあ……倅が間違うほどうちの奴と似ているせいですかねえ」

「おかしな人。本当に似ていて？」

じっとおりくに見つめられると、喜十はどぎまぎした。実際は、おそめとは、ちっとも似ていなかった。おそめは、おりくほど色っぽい女ではない。喜十は曖昧《あいまい》に笑った。

「あたしが通りすがりの男について行く話も聞いただろ？」

「いえ……」

「うそ。近所で評判になっているのよ。鈴よしさんだって知っている」

「若先生につれなくされて、寂しかったんですね」

「ええ、そう。でもね、不義密通と言われるようなことはしていないの」

どういうことか、喜十にはわからなかった。

「そりゃあ、出合茶屋《であいぢゃや》や曖昧宿に誘ったのは、あたしのほうだ。だけど、あたしの頼みを聞いてくれそうな人を選んでいたんですよ」

「頼み？」

「ええ。何も言わず、ぎゅっと抱き締めてくれって」

「…………」

「それで、思いっきり泣くのさ。そうするとね、不思議に気が楽になるの。ただそれだけなんだけど、世間様からは、やはり不義密通に見えるのだろうね」

こんな憐《あわ》れな女に喜十は会ったことがなかった。それに比べたら、貧乏に泣く裏店のかみさん連中なんて憐れの内に入らない。亭主がいて、可愛《かわい》い子供が傍にいれば、それだけで本当は倖《しあわ》せなのだ。

「若奥様は何も悪くねェですよ。他人のわっちが余計なことを申しますが、早くこの家を出たほうがいいです。そして手前ェの力で生きて行くんですよ。若奥様はまだ若い。その内に若先生に勝るとも劣らない亭主が現れますよ」

眠そうなおりくの眼が、その時、輝いたように見えた。

「うまく行くかしら」

「貧乏を厭《いと》わなければ」

「ええ。それは大丈夫。あたしは貧乏のために売られた女ですからね。子供の頃は本当に食べるものも、ろくになかったの。もう、大人ですもの、食べるだけは何んとかできるでしょうよ」

「やあ、それを聞いて安心しました。ところで、この紙入れはどうなさいやす？」

「さあ……」

おりくは思案顔になった。

「この紙入れをよく見て下せェ。表の生地は目が詰まって、長年使っても型崩れしにくい。この生地は異国のもんです。毎日、朝から晩まで織っても、せいぜい、二寸か三寸ぐらいにしかならねェでしょう。一反にするには半年も掛かるはずです。紅毛の織物職人がおなごだとしたら、親のため、亭主のため、子供のために辛抱して織っているんですぜ。その気持ちを汲《く》んでやって下せェ。その大事な生地を使って、鈴よしの先代は最期《さいご》に紙入れを拵えた。同じものは、恐らく、ふたつとできねェでしょう。前金具の茄子は、めしの仕度をする女房どもにはなじみのある青物です。小難しい細工じゃねェところがいい。何人もの職人の手を介して若奥様の所に辿《たど》り着いたんですぜ。粗末にしちゃ、罰が当たりやす。わっちはそう思っておりやすが、どうでしょうか」

「そうね、本当にそうね」

言いながら、おりくは涙をこぼした。

「大事にお持ち下せェ」

そう言って喜十は腰を上げた。おりくは捨吉を背負うのに手を貸してくれた。三和土《たたき》から外へ足を踏み出し、喜十は振り返った。

「本当に大丈夫ですかい」

「ええ。これからは新しい着物も買えないと思いますので、その内におたくの見世に古着を買いに行きますよ」

おりくは嬉しいことを言ってくれた。

「楽しみにお待ちしております。目利《めき》きの若奥様のために、古着でも極上の物を探しておきますよ」

そう言うと、おりくは泣き笑いの顔で肯いた。

「一件落着」

表通りに出て、喜十は呟《つぶや》いた。

「いって、たいたい」

背中の捨吉が鸚鵡《おうむ》返《がえ》しに言う。

「そうだよ、捨吉。一件落着だ。お前がいなかったら、おりくさんは素直に言うことを聞いてくれたかどうかわからない。ありがとよ」

「いい子、いい子」

「ああ、捨吉はいい子だ」

忙しい思いはしたが、終わってみれば清々《すがすが》しい気分さえする。きっとおりくは、やり直してくれるだろうと思った。

五

下谷広小路から浅草広小路に戻ると、銀助の詰めている自身番が眼についた。一応、紙入れは持ち主に返したことを伝えておこうと思い、喜十は自身番と書かれた油障子を開けた。

「おう、日乃出屋。お内儀さんは、まだ戻らねェのかい」

捨吉を背負った喜十を見て、銀助は訊いた。

「ええ、まだですよ」

「そいじゃ、例の紙入れの出所《でどこ》も探していねェんだな」

「いや、下谷の袋物屋から持ち主がわかり、無事に返しましたよ」

「返したってか？」

銀助は驚いた顔になり、後ろを振り返った。

閉じられた障子の中は板の間で、咎人《とがにん》を一時、留め置く部屋となっている。そこは座敷より少し高い場所で、梯子《はしご》を使って出入りする。今は梯子が外されていた。

「誰かいるんですかい」

そう訊くと、鳶職《とび》の勇吉よ、と銀助は応える。

「何んでまた……」

「だってよう、どう考えたって、勇吉があの紙入れを持っていたのはおかしいじゃねェか。だからよ、本当のことを白状させようと締め上げていたのよ」

「勇吉は何もしていねェと思いやす。そうだな？　勇吉」

喜十は障子の中に訊いた。へい、と低い声が聞こえた。銀助が障子を開けると、俯《うつむ》いた勇吉の姿が現れた。

「お前ェ、おなごと出合茶屋に行ったんだろ？」

喜十がそう言うと、勇吉は、はっとしたように顔を上げた。銀助に小突かれたのか、眼の周りが青くなっている。だが、ちょいと見には優男《やさおとこ》だった。

「おなごは人の女房けェ？　なら、不義密通だ」

銀助が口を挟む。

「ですが、おいらは何もしておりやせん」

勇吉は慌《あわ》てて言い訳する。

「ばかな話をするねェ。おなごと出合茶屋に行って、何もなかったなんて、誰が信用する」

銀助は声を荒らげた。

「親分、本当に何もなかったんですよ。ただ、おなごに頼まれて、勇吉は、ぎゅっと抱き締めてやっただけですよ」

喜十がそう言うと「あん？」と、銀助は間抜けな声を上げた。

「勇吉。おなごはその時、泣いていただろう？」

喜十は勇吉を見つめて訊いた。

「へい……」

「お前ェ、それを見て、どう思った」

「可哀想《かわいそう》だと思いやした。何かやり切れない事情があったんだろうと。相手は何も言いませんでしたがね」

「おなごは銭の入った紙入れをお前ェに預けて消えたんだな」

「へい、そうです。紙入れは返したかったんですが、あいにく名前も明かさなかったもので」

「わっちが返しておいたから、もう心配いらねェ。親分、勇吉を解き放してやって下せェ」

「しかし、上遠野の旦那のお許しがなければ、それはちょいと……」

銀助は不満そうに言う。

「罪のない者を二日も三日も自身番に留め置くんですかい。わっちは倅《せがれ》を背負って袋物屋を当たり、紙入れを持ち主に返し、勇吉に罪がないことも確かめたと言っているのに、親分はわっちが信用できねェんですかい」

「………」

「わかりやした。そういうことなら、今後一切、親分の頼みを聞くつもりはありやせん。紙入れの探索に遣った舟賃と、見世を閉めていた間の商売の上がりを、とっとと払って下せェ」

「何んだとう！」

「当節は、使いに出された商家の小僧だって、幾らか駄賃を貰《もら》っておりやすよ。それとも、最初から只でわっちを扱《こ》き使う魂胆でしたかい？　だったら親分も相当に人が悪い」

「金、金って、うるせェ男だ。上遠野の旦那に申し上げて、後で何する」

「何してくれたためしはありやせんぜ」

「黙って言わせておけば、調子に乗って、このう！」

銀助は本気で怒っていた。

「旦那《だんな》、もう、そのぐれェにして下せェ。親分が気の毒だ」

喜十と銀助のやり取りを聞いていた勇吉が、たまらず制した。

「気の毒だってか？　お前ェは優しい男だな」

そういうところがおりくの眼に留まったのだろう。

「勇吉よう、お前ェ、さっき、おなごが可哀想と言ってくれたな」

喜十は静かな声になって続ける。

「へい」

「今後、おなごと道ですれ違っても、声なんて掛けるんじゃねェぜ。お前ェの言う通り、本当に可哀想な人なんだ。だが、これから心機一転、やり直すと言ってくれたよ。だからよう、察してやってくれ」

「承知致しやした」

「さて、帰ェるか。野暮用で刻《とき》を喰っちまった。親分、勇吉のことは頼んだぜ。早く解き放してやってくれ」

返事はなかったが、喜十はそのまま自身番を出た。さて、見世に戻って晩めしの用意をしなければならないと思った。昼めしも食べていないので、晩めしは早めにするつもりだった。

日乃出屋は表戸が開けられ、暖簾が掛かっていた。つかの間、喜十は見世を開けっ放しにして出かけたのだろうかと焦《あせ》った。

だが、見世の戸を開けると、醤油《しょうゆ》だしのいい匂《にお》いが漂《ただよ》って来た。おそめが戻って来たらしい。

「帰ったよ」

喜十は声を張り上げた。台所から出て来たおそめは、見世を放り出して、どこに行っていたんですか、と心配そうに訊いた。

「捨吉がぐずるから、あちこち歩き回っていたんだよ」

そう言うと、お前さん、お世話を掛けました、とおそめは、すまない顔で頭を下げた。

伯父の家に行くと、伯母が貧血を起こして倒れたという。その看病におそめも忙しく、帰ることができなかったらしい。幸い、伯母は、ひと晩眠ると回復し、伯父の容態も思っていたほど悪くなかったそうだ。

「よかったな。わっちもこれで安心したよ」

喜十は安堵《あんど》の吐息をついた。捨吉を下ろすと、おそめは、ぎゅっと捨吉を抱き締めた。

「寂しい思いをさせてごめんね」

おそめは涙ぐんでいる。その姿が、おりくと重なった気がした。こんなおなごがいたんだよ、と喜十はおそめに話してやりたかった。

だが、捨吉は甘えた声で、おかしゃんと縋《すが》りついている。

「捨吉～」

「おかしゃん」

「捨吉～」

「おかしゃん」

二人は感激の態《てい》だ。喜十の出番はなかった。

鼻白んだ喜十は店座敷にころりと横になった。ひどく疲れを覚えた。とろとろとまどろみ出した喜十の耳に、捨吉とおそめの呼び合う声が、いつまでも続いていた。

こぎん

一

蟬《せみ》しぐれが朝からかまびすしい。江戸は夏のさなかにあった。古手屋《ふるてや》「日乃出屋《ひのでや》」の主《あるじ》である喜十《きじゅう》は、近頃、見世《みせ》開けの前に品物を外へ出すのが日課だった。軒下のもの干し竿《ざお》に衣紋竹《えもんだけ》に通した古着を掛けるのだ。むろん、季節を考えて、涼し気な単衣《ひとえ》や浴衣《ゆかた》の類《たぐい》が多い。品物を外へ出すのは虫干しと臭気抜きのためであり、また、通りすがりの人の足を止めさせ、ふと買う気を起こさせるつもりもあったが、大きな目的は少しでも見世の中に隙間《すきま》を拵《こしら》えるためだった。日乃出屋は見世の構えに対し品物が多過ぎて、座るところもまともでない。

畳んで重ねた品物は風の通り道を塞《ふさ》ぎ、じっとしていても、こめかみから汗が伝う。品物を幾らか外へ出し、土間口と勝手口の油障子を開け放せば、何んとか風が通り、暑さを堪《こら》えることができる。だいたい、売り上げがそれほどでもないのに、毎月、仲買人から持ち込まれる古着の数が半端《はんぱ》ではない。一枚、一枚、吟味した品でなく、目方でどんと届けられるから厄介なのだ。中には掘り出し物もあるが、おおかたは鑑褸と遜色のない物ばかりだ。

売れそうな物でも垢と埃で汚れているので、洗濯屋に出さなければならない。その他は屑屋に払い下げることも多かった。売れ筋の品は東仲町の質屋「赤裏屋」の質流れればかりで、結果、仲買人から持ち込まれる品は溜まる一方だ。しかし、古手屋組合に入っている手前、むげに断ることもできないのだ。

喜十の息子の捨吉《すてきち》は暑さにも拘《かか》わらず元気に過ごしているが、背中には赤いあせもが点々とついていた。薄い肌襦袢《はだじゅばん》だけでもあせもができるので、喜十の女房のおそめは、捨吉におむつと腹掛けだけの恰好《かっこう》をさせている。丸に「金」の字を縫い取り（刺繍《ししゅう》）した赤い腹掛けは、おそめの手作りだった。

「じー、じー」

捨吉は品物を整理している喜十の横で何やら呟《つぶや》いた。眉間《みけん》に皺《しわ》を寄せている顔が可笑《お》《か》しい。

「何んだ」

喜十は怪訝《けげん》な思いで捨吉に訊《き》く。捨吉は人差し指を外へ向ける。それからまた、じー、じーと繰り返した。蟬の鳴き声を真似《まね》しているらしい。

「蟬のことか。蟬は寿命が短いから、早く嫁さん、来てくれよ、子を作ろうぜ、と焦《あせ》って鳴いているんだ」

捨吉は、喜十の話がわかったのか、ふうん、と感心したような顔で肯《うなず》く。

「そんな話、しなくてもいいですよ。夏だから蟬が鳴く、でいいじゃないですか」

話を聞いていた女房のおそめが台所から不満そうに口を挟《はさ》んだ。少しでも下《しも》がかった話をすると、おそめは途端に不機嫌になる。

何言ってやがる、この世の生きものは、すべて子作りして続いて来たんじゃねェか、と喜十は思う。エレキテルの平賀源内《ひらがげんない》先生だって「寝れば起き、おきれば寝、喰うて糞《はこ》して快美《きをやり》て、死ぬるまで活《い》きる命」と、はからずも言っているではないか。おそめのようにきどっていたところで、所詮《しょせん》、生きるとはそれに尽きるのだ。働いて銭を稼ぐことは生きるための手段に過ぎない。

それにしても日乃出屋の暑さは耐え難い。夏になると決まって喜十は商売をやめたくなる。しかし、やめたところで喜十には、他に銭を稼ぐ才覚はない。女房子供を養うために、じっと我慢するしかないのだ。

暑さ寒さも彼岸まで、という諺《ことわざ》もあるが、彼岸は、まだずっと先だった。

「お素麵《そうめん》が茹《ゆ》で上がりましたよ。お昼にしましょう」

おそめがそう言うと、捨吉は「ちゅるちゅる」と喜十に言った。

「ああ、ちゅるちゅるだ。うまいよなあ。捨吉は素麺が好きか」

「すき」

「よし、喰おうぜ」

「おうぜ」

捨吉は、にッと笑うと、茶の間に向かう。足取りはしっかりしている。もう赤ん坊ではなく、子供だ。喜十は捨吉の後ろ姿を見ながら、そう思った。

親子で素麺を啜《すす》っていると、北町奉行所隠密廻《おんみつまわ》り同心の上遠野平蔵《かとのへいぞう》が浅草広小路を縄張にする岡っ引きの銀助《ぎんすけ》と一緒にやって来た。

最初に応対に出たのは、おそめだった。

「上遠野様、銀助親分、お素麺を茹でましたが、少し召し上がりませんか」

おそめは二人に勧める。上遠野が、いや、銀助と蕎麦《そば》を喰って来たから構わんでくれ、と遠慮する声が聞こえた。喜十は残りの素麺を慌《あわ》てて啜り込み、捨吉の蕎麦猪口《そばちょこ》に素麺を足してから腰を上げた。捨吉はほとんど手摑《てづか》みだ。腹掛けには素麺のつゆが盛大に飛んでいる。上遠野は何んの用事で訪れたのかと、喜十はつかの間、いやな気持ちがした。銀助と一緒ということは事件がらみのことだろうか。

「お越しなさいまし。お暑うございますね」

喜十は慇懃《いんぎん》に頭を下げて、二人に言った。見世の中が暑いので、上遠野は外に出してある床几《しょうぎ》に腰を下ろした。銀助はその傍《そば》に控えめに立ったが、右手には風呂敷《ふろしき》包みを提《さ》げていた。

喜十も下駄《げた》を突っ掛け、外に出た。軒下に僅《わず》かばかり日陰ができているが、通りには炎天の陽射《ひざ》しが降り、何も彼《か》もが白っぽく見える。上遠野は単衣を着流しにしただけの町人の恰好だった。隠密廻り同心は変装して事件の探索をすることがあるが、今日は暑さに閉口して、羽織を重ねたくないためにそうしているような気がした。頭は笠《かさ》の代わりに手拭《てぬぐ》いを米屋被《こめやかぶ》りにしている。米屋被りとは、米屋に働く者が埃除《よ》けのために始めたもので、手拭いの端から、ぐるりと頭を巻き、上の方に膨《ふく》らみを作り、巻き終わりの端を額《ひたい》に挟むものだった。今では、そのやり方を他の商売をする者も真似ている。

銀助の顔はこれ以上ないほど真っ黒に陽灼《ひや》けして、夜に会ったら、誰が誰やら判断できそうになかった。こちらは単衣を尻端折《しりっぱしょ》りした恰好だった。

「行き倒れが出た」

上遠野はぶっきらぼうに言った。

「行き倒れですかい、この夏に」

喜十は不思議な気持ちで上遠野の顔を見た。冬の季節に酔っ払いが道端に寝て凍え死ぬ話は何度か聞いているが、夏の季節には珍しい。病を抱えていた者かとも考える。

「安行寺《あんぎょうじ》の本堂の縁《えん》の下でくたばっていやがったのよ。寺の住職は大慌てで寺社奉行所に届けを出したが、仏を無宿者《むしゅくもの》らしいと見て、町方に振って来たのよ」

銀助は上遠野の話を受けて事情を説明した。

安行寺は伝法院《でんぼういん》の西にある結構大きな寺だった。

「それはそれはご苦労様なことで」

行き倒れが出たからと言って、自分には何んの関わりもない。後の始末は奉行所がつけるだろう。しかし、木で鼻を括《くく》るような態度もできないので、喜十は表向き、二人の労をねぎらう言葉を掛けた。

「素性も何もわからぬ。何事もなければ、町内の世話役と相談して無縁塚にでも葬《ほうむ》るつもりでいたのだが……」

上遠野は煮え切らない態度で応《こた》える。この暑いのにやっていられないという表情だった。

「何か、そうできねェ事情でも？」

「頭がぱっくり割れているのよ。寺の縁の下は血溜まりができていた。しかし、仏が手前《てめ》ェですっ転んで頭をぶつけたものか、それとも誰かにやられ、ほうほうの態《てい》で安行寺に辿《たど》り着いてお陀仏《だぶつ》となったものか、皆目、見当がつかぬ」

それを行き倒れとするには無理があると喜十は思った。殺しか事故か、ふたつの線を考えるべきだ。

「行き倒れではねェですね」

喜十が低い声で言うと、上遠野と銀助は顔を見合わせた。

「やはり、お前もそう思うか」

上遠野は力のない声で訊く。

「当たり前に考えても、行き倒れにゃなりやせんよ」

喜十はきっぱりと応えた。おそめが冷えた麦湯を運んで来たので、話は一旦《いったん》、途切れた。

しかし、おそめが奥へ引っ込むと、銀助は早口に「となると、調べが厄介だ。まずは素性を探《さぐ》り、死んだ理由を探り、殺しだとすれば下手人を探らなきゃならねェ」と言った。

喜十はつかの間、黙った。上遠野は、どうせ、寺の縁の下でお陀仏になるような男だから、行き倒れにしてしまえば手っ取り早いと考えたのだろう。まあ、この暑さだから、その気持ちもわからぬでもないが、奉行所の同心にしては、なまくらだと思う。いや、町方に問題を押しつけた寺社奉行所も同様である。

「わっちに意見を求め、わっちが放っときなさいやし、とでも応えたら、旦那《だんな》はそのまま行き倒れとして扱うつもりだったんですかい」

喜十は詰《なじ》る口調で言った。上遠野は返事の代わりにため息をついた。

「日乃出屋、手を貸せ」

銀助は、さり気ない口調で言った。

「わっちが？　ご冗談を。それほど暇じゃありやせんよ」

喜十は慌てて銀助を制した。

「仏は野良着《のらぎ》のような、半纏《はんてん》のような上着を纏《まと》っていた。藍色《あいいろ》の地に妙な縫い取りがしてある代物《しろもの》よ。江戸でそんなものは見たことがねェ。それでお前ェさんの出番となった訳だ」

銀助はそこで、にんまりと笑った。

「わっちの出番？　何んの出番なんで。この暑いのに余計な仕事はさせないでおくんなさい」

そう言った喜十に構わず、銀助は携《たずさ》えていた風呂敷包みを解き、中から持ち重りのしそうな上着を取り出した。

「嬶《かか》ァに洗わせたから、血の痕《あと》は少し残っているが、妙な臭《にお》いはしねェはずだ」

銀助は、そう言って上着を拡《ひろ》げる。なるほど藍の地に白い糸で精巧に縫い取りがしてある。特に肩の部分は補強するためなのか、びっしりと横縞《よこじま》と奇妙な柄が縫い取りしてあった。喜十は生地の手触りを確かめた。ごわごわしている。見た目は木綿だと思ったが、それは麻だった。

「仏は早々に茶毘《だび》に付したが、この半纏と言おうか野良着と言おうか、少し気になるのよ。商売柄、お前に心当たりがないかと思うてな」

上遠野は上目遣いに喜十を見る。またか、と喜十は胸の内で嘆息した。その上着の出所を探らせる魂胆でもあったのだろう。

「こんなもんは初めてお目に掛かりやす。申し訳ありやせんが、お役には立てそうもねェですよ」

「旦那が困っていなさるんだ。薄情だぜ、日乃出屋」

銀助は眼を吊《つ》り上げた。だから、何んだ、喜十は言えない言葉を胸で呟いた。

「それとなく探ってくれ。なに、急がぬ」

上遠野は鷹揚《おうよう》な表情を拵えて言った。

「仏は幾つぐらいの男だったんで？」

喜十は渋々、訊いた。

「三十四、五かのう」

上遠野は銀助に相槌《あいづち》を求める。

「さいです。日乃出屋と同い年ぐれェでした。頭も少し薄くなっておりやしたから。そう言や、どこか日乃出屋と顔も似ておりやしたね」

銀助は縁起でもないことを言う。自分は間違っても寺の縁の下でお陀仏になったりしない。

喜十は、むっと腹が立ったが、いやいや、先のことなど誰にもわからないと思い直した。

「その上着をお預かりして、ここに掛けておきますよ。もしかして、心当たりのある客が気づいてくれるかも知れませんので。わっちができるのはそれぐらいですよ」

喜十はおざなりに応えた。一文にもならないことに大汗をかいて、あちこち歩き廻るのは、まっぴらだった。

「そ、そうか。それだけでも助かる。おれはこれから安行寺周辺を銀助と一緒に聞き込みするつもりだ。そいじゃ、頼んだぜ」

上遠野は少し不満そうだったが、それでも、ほっとした様子で腰を上げた。

上遠野と銀助が立ち去ると、喜十は改めて上着を見つめた。ぼろけた上着だったが縫い取りは見事だった。糸でひと針、ひと針、丁寧に刺してある。麻の生地は布目が粗《あら》いので、縫い取りをすることで布目を埋め、冬場の寒さを凌《しの》ぐ効果も感じられた。

それにしても、幾ら着る物がないからと言って、夏場に厚ぼったい上着を着て死んだ仏が、喜十には不思議に思えてならなかった。

二

その上着を気にする客はしばらく現れなかった。おそめは、いつまでお預かりするんですか、と半ば迷惑そうな顔で訊いた。

「親分が引き取りに来るまで、当分、このままにしておくさ」

「せっかく、涼し気な品物を出しているのに、暑苦しい上着が一緒では興が殺《そ》がれますよ」

「そう言うな。旦那も親分も、わっちにあちこち探らせるつもりだったんだぜ。これがせめてもの手助けよ」

「上遠野様はともかく、銀助親分はお前さんに頼り過ぎですよ。自分がしなければならない仕事を押しつけるなんて。お前さんは子分じゃないんですから」

「全くだ。それでわっちがいい思いをしたこともねェしな」

「上遠野様の掛け（ツケ）もだいぶ溜まっておりますよ。少し催促して下さいな」

おそめはぷりぷりして言った。喜十は黙る。催促して、すんなり支払ってくれる男ではない。

変装のための衣裳《いしょう》は、ほとんど日乃出屋の品物であるが、奉行所は変装の掛かりまで出そうとしない。三十俵二人扶持《ににんぶち》の奉行所の同心では、大変なのはわかるが、こっちだって商売だ。少しは支払って貰《もら》わなければ困る。

「おそめが催促してくれよう」

喜十は縋《すが》るように言った。

「いやですよ。それはお前さんの仕事ですよ。あ、やだ、捨吉。抽斗《ひきだし》の中の物を出しちゃ、駄目でしょう？」

傍に親がいないのをいいことに、捨吉は勝手なことを始めたらしい。おそめは慌てて捨吉の傍に行って、後片づけを始めた。

やれやれである。毎度同じことの繰り返しだ。上遠野がツケを支払わないこともそうなら、面倒臭いお上《かみ》の御用を押しつけられるのも変わっていない。夏は暑く、冬は寒い。

人はこうして巡る季節の中で暮らし、いずれ年老いて死んで行く。生きる意味とは何んだろうか。喜十は時々考えるが、これと思う答えを見つけることはできなかった。


それからひと廻り（一週間）ほど過ぎた頃、商家の女中らしいのが日乃出屋の前を通り掛かり、衣紋竹に吊るした単衣を物色し始めた。

「お客様、よろしかったら中にも色々、品物がございますが」

喜十はさり気なく言った。

「いえ、ちょっと通り掛かっただけですから」
十七、八の娘は気後れした顔で応える。丸い顔に愛嬌《あいきょう》があった。この夏でもさほど陽灼けしておらず、きれいな餅肌《もちはだ》をしていた。
「さようですか。どうぞ、ごゆっくり」

いいひやかしかと思うと、喜十もそれ以上、強く勧めず、先に来た客が拡げた品物を畳み直した。

「あのう……」

しかし、娘は気後れした表情のまま、喜十に言葉を掛けた。

「はい、何んでしょうか」

「ここにある野良着も売り物なんですか」

「どれですか」

下駄を突っ掛けて外に出ると、娘は例の上着に眼を留《と》めている様子だった。

「そいつは売り物じゃござんせん。ちょいと訳ありでしてね、心当たりのあるお客様でも現れないかと、ここに下げていたんですよ」

「この縫い取りは、こぎん刺《ざ》しではないでしょうか」

「さあ、名前は存じませんが」

「うちの大《おお》お内儀《かみ》様《さま》は津軽の出で、お部屋でこぎん刺しをしていらっしゃいます。ほら、これも大お内儀様からいただいたんですよ」

娘は携えていた合切袋《がっさいぶくろ》を喜十に見せた。なるほど、合切袋には細かい縫い取りがしてあった。しかし、上着の縫い取りとは少し感じが違うような気もした。

「可《か》愛《わい》らしい袋物ですな。津軽の土地では、そのこぎん刺しというのが盛んに行なわれているんですかい」

「ええ、そうみたいです。あたしは津軽でなく、秋田が生国《しょうごく》なので詳しいことはわかりませんが」

「ほう、秋田の出ですか。どうりで肌が白くてきれいいだ。秋田美人ですね」

「そんな……」

娘は照れて顔を赤らめた。喜十の褒《ほ》め言葉に気をよくしたのか、娘は笑顔で話を続ける。

「大お内儀様はいつも津軽のお話をなさいます。こぎん刺しをするのも、お国を偲《しの》んでのことでしょう。でも、江戸でこぎん刺しを見掛けることは滅多にないので、ここのお見世に飾ってあって、びっくりしたのですよ」

ふと、喜十は娘が仕えている大お内儀様とやらに話を聞いてみたい気持ちになった。

「お客様が奉公しているお店《たな》はどちらですか」

「北鞘町《きたさやちょう》の廻船問屋です。住吉屋《すみよしや》という屋号ですよ。日本橋川の傍にございます」

「ちょいと、この上着のことで大お内儀さんにお話を聞きたいのですが、無理でしょうかねえ」

「さあ、それは大お内儀様に伺ってみないと、あたしは何んとも申し上げられません」

娘は少し迷惑そうに応えた。

「いや、実は、これを着ていた男が浅草の寺で死んじまったんですよ。素性も何もわからない。この上着が唯一《ゆいいつ》の手懸かりなんですが、お声を掛けて来たのはお客様が初めてです。どうしたものかと悩んでいた訳で」

喜十は弱った表情で娘に言った。

「亡《な》くなったんですか。それはお気の毒なことですね。きっと、仏様も津軽の出だと思いますけど、それも大お内儀様に伺ってみなければわかりません。あたしが伺ってみましょうか」

「そうしていただければ助かりやす」

「わかりました。それじゃ、これで」

娘は、足早に去って行った。日本橋から浅草までやって来たということは、その大お内儀様とやらに用事を頼まれたのかも知れない。

果たして色よい返事が貰えるかどうかわからなかったが、とり敢《あ》えず、娘からの連絡を待つことにした。

しかし、翌日には日本橋の住吉屋から使いが来て、大お内儀が会いたがっていると喜十に伝えた。使いは日乃出屋に来た娘でなく、奉公している小僧だった。

「さいですか。近々、伺うとお伝え下せェ」

喜十は小僧に駄賃を渡して応えた。その日も暑くなりそうだったので、もう少し暑さが和《やわ》らいでから出かけるつもりだった。こぎん刺しと呼ばれる縫い取りから何か繋《つな》がるものが出てくるかも知れないとも思った。

小僧が帰って間もなく、上遠野が一人で日乃出屋を訪れた。まるで犬のような男だ。事件の手懸かりが少しついたかと思うと、すぐに嗅《か》ぎつけて現れる。

「どうだ、その後、何か目ぼしい話でも出て来たか」

上遠野は久しぶりに、まともな同心の恰好をしていた。着流しの着物は絽《ろ》で、上に重ねた黒紋付は紗《しゃ》だが、さして涼しそうでもなかった。羽織の袖《そで》から手拭いを出して、盛んに顔の汗を拭う。見世の中には入らず、やはり、外の床几に腰を下ろした。

「事件と関わりがあるかどうかわかりやせんが、仏の着ていた上着の縫い取りは、どうも津軽のこぎん刺しと呼ばれるようですぜ」

「聞かぬ言葉だな。こぎんか、どういう字を充《あ》てるのかの」

「さあ」

「となると、仏は津軽の出か」

「そう考えられやすね」

「その話はどこから仕入れた」

「日本橋の北鞘町に住吉屋という廻船問屋があるんですが、ご存じですかい」

「よく知っておる。大店《おおだな》だ」

「そこの女中がうちの見世の前を通り掛かって、この上着は……上着とは言いやせんでしたね。野良着だそうです。それで縫い取りがこぎん刺しではないかと言ったんですよ」

「住吉屋の大お内儀は、そう言えば津軽の出だったな。実家は大きな旅籠《はたご》をしていたそうだが、伯父が南部の八戸《はちのへ》という所で廻船問屋を営んでいたんで、その縁で住吉屋の嫁になったのだろう。なかなか気の利《き》く女だ。何十年も江戸で暮らしておるのに、相変わらず津軽の訛《なま》りが抜けぬがの。しかし、それが大お内儀のよいところだ」

　上遠野は、大お内儀には好感を持っているようだ。

「旦那がお越しになる少し前に住吉屋から使いが来て、大お内儀が上着のことで話を聞いて下さるということなんで、近い内に行ってくるつもりですよ」

「近い内ではなく、これから参ろう。わしも一緒に行く」

「いつまでも寺の縁の下でくたばった男に頓着《とんちゃく》しておられぬのだ」

「これからですかい……」

「………」

喜十は渋る。しかし、上遠野は、早くしろ、と急《せ》かした。喜十は仕方なく上着を風呂敷に包み、おそめに出かけることを伝えた。

捨吉は焦った表情で自分も行くのだと手を伸ばした。

「駄目だ。お父《と》っつぁんは大事なご用で出かけるんだ。おとなしくおっ母《か》さんと留守番しろ」

そう言うと、捨吉は火が点《つ》いたように泣き出した。おそめが抱き上げても海老反《えびぞ》りになってもがく。喜十は逃げるように日乃出屋を出た。

半町ほど歩いて、上遠野はくすりと笑った。

「伜《せがれ》に後を追われるなんざ、お前ェも存外、いいていい親をしているんだな」

「何をおっしゃいます。伜は退屈して外に出たがっているだけですよ」

「お内儀のためにも伜を養子にしてよかったな」

上遠野はしみじみした口調で言う。

「さあ、いいんだか、悪いんだか」

「お内儀の顔を見ろ。いきいきしておる。以前はどことなく寂しそうだった」

「……」

「どうして子が授からぬものか。お前、もしかして子胤《こだね》がないのではないか」

「さいですね。こればかりは女房ばかりを責められやせんからね」

「珍しく素直だな。とんでもねェ、と眼を剝《む》くのかと思ったが」

「何をおっしゃることやら。わっちはそれほどへそ曲りじゃねェですよ。養子でも何んでも、とり敢えず、親になったことはありがてェと思っておりやす」

「大事に育てろ」

上遠野は、薄く笑ってそう言った。

炎天の陽射しは相変わらず容赦がない。笠を持たなかったことを喜十はすぐに後悔した。

三

日本橋川は糊《のり》でも溶かしたように澱《よど》んでいた。伝馬船《てんません》がびっしりと岸辺に舫《もや》われているのも暑苦しい。土蔵の扉は、おおかたは閉じられていたが、ひとつだけ開かれている所があり、人夫らしいのが伝馬船と土蔵の間を緩慢な足取りで行き来していた。大きな船は日本橋川に入って来られないので、江戸湾の沖に停泊し、伝馬船やはしけを使って荷を運び、土蔵に入れるのだ。運搬の便利のために廻船問屋の土蔵は皆、川に正面を向けて建っている。店は、たいてい土蔵の裏手にある。北鞘町は廻船問屋が集まっている町だった。白壁の土蔵が建ち並ぶ様は江戸の繁栄の証《あかし》でもある。

喜十は上遠野の後ろから遠慮がちに住吉屋に入った。土間口は広く、片隅には荷造りするための莚《むしろ》や荒縄が大量に置いてあった。二十畳ほどの店座敷には、格子《こうし》で囲った帳場があり、番頭らしい男が一人、座っていた。男は算盤《そろばん》を弾《はじ》きながら帳簿付けに余念がない様子である。上遠野の訪《おとな》いの声に顔を上げ、慌てて腰を上げた。

「これはこれは上遠野様。お務め、ご苦労様でございます」

四十がらみの男は上遠野を覚えているようで、如才なく挨拶《あいさつ》したが、奉行所の同心が訪れたということは、何か店に粗相でもあったのだろうかと緊張した表情だった。

「大お内儀は在宅か」

上遠野は慇懃な態度で訊く。

「はあ、お内儀ではなく、大お内儀にご用でございますか」

「うむ。ちと訊《たず》ねたいことがあっての。こちらにおるのは浅草で古手屋をしておる喜十という者だ。大お内儀は喜十と面会する約束をしておるはずだ」

「さようですか。少しお待ち下さいませ」

男はすぐに母屋《おもや》に通じる間仕切りの暖簾《のれん》の奥に消えた。

「ここは涼しいですね」

喜十は上遠野にそう言った。藍の日除け幕は陽射しを遮り、広い店座敷は風の通りもいい。

「お前の見世とは雲泥《うんでい》の差だの」

上遠野は皮肉に応える。

「仕方がありやせんよ。商売が商売ですから」

「まあ、商売とは何んにつけても厳しいものだ」

上遠野は分別臭いことを言う。

「旦那もてェへんですよ。夏だろうが冬だろうが、お務めとなったら文句を言っていられやせんから」

「同情してくれるのか」

「もちろんですよ」

「だったら、少しは手助けしろ」

何を言っているのだ、この人は。喜十は半ば呆《あき》れて上遠野を見た。今までだって、さんざん、自分を扱《こ》き使って来たくせに。

反論の言葉を口にしようとした時、日乃出屋にやって来た女中が男と一緒に現れて、お早いお越しですね、ささ、中へどうぞ、大お内儀様がお待ちですよ、と言った。

小僧を使いに出したが、まさかその日の内に喜十が訪れるとは思ってもいなかったらしい。傍に上遠野がいることで、その女中も番頭らしい男と同じで、幾分、緊張した表情だった。

坪庭を見ながら、長い廊下を進んで行くと、厠《かわや》の近くの部屋の障子が開いており、中に太りじしの女の姿が見えた。

「大お内儀様、お客様をご案内致しました」

女中は障子の前に立て膝《ひざ》で控えると、中に声を掛けた。

「中に入ってお貰い」

年寄りにしてはよく通る声だった。

「邪魔をする。大お内儀、しばらくだったの」

上遠野は気軽な言葉を掛けながら、部屋に入った。

「あやあ、上遠野様ではありやせんか。どうしてまた」

大お内儀は驚いた様子で言った。半白《はんぱく》の髪はきれいに纏《まと》められ、鼈甲《べっこう》の笄《こうがい》を一本挿《さ》している。涼し気な藍の単衣にもこぎん刺しと思われる縫い取りがしてあった。それは錆朱《さびしゅ》の紗の帯とよく合っていた。年の頃、六十を幾つか過ぎているようだ。美人とは言い難いが色白で、人懐《ひとなつ》っこい表情をしていた。普段は気難しい上遠野でも、この大お内儀には親し気に接している。大お内儀は気さくな人柄でもあるようだ。

「こっちの古手屋が大お内儀に会いに行くというので、わしもついて来たのよ」

上遠野は悪戯《いたずら》っぽい顔で、大お内儀の傍に胡坐《あぐら》をかいた。

「手前、浅草で日乃出屋という古手屋を営んでおりやす喜十と申す者です。本日はお忙しいところ、お時間を取っていただいて恐縮でございます」

喜十は大お内儀とは初対面なので畏《かしこ》まって頭を下げた。

「何んも忙しいことはござりやせんよ。伜と嫁に商売を任せてから、暇を持て余しておりましての。わだすはやえと申します。こちらこそ、どうぞよろしく。これ、おたい。お客様に冷たいものでもお出しして」

大お内儀のおやえは、女中に命じた。津軽の訛りが感じられるが、丁寧な言葉遣いをするので、おやえの言葉は快く喜十の耳に響いた。

「承知致しました」

女中は笑顔で応える。そうか、おたにという名前だったのかと喜十は思った。女中の名前を聞きそびれていたので、面と向かったら、何んと呼び掛けていいのか迷っていた。少しほっとする。

「それで、こぎん刺しのことでわだすにお訊ねになりてェそうですが、どういうことでござりやしょうな」

おやえは上遠野と喜十の顔を交互に見ながら訊いた。

「あれを出せ」

上遠野は喜十に促す。喜十は風呂敷を解き、例の上着を取り出して、おやえの前に拡げた。おやえはそれを、まじまじと見た。

「やはり、これもこぎん刺しと呼ばれるものかの」

上遠野はおやえの表情を窺《うかが》いながら訊く。

「さよでござりやす。ただ、わだすの国のものではござりやせん」

「どういうことだ」

「こぎん刺しは津軽の土地によって、モドコが違っているからですよ」

「モドコ？」

上遠野と喜十の声が重なった。

「モドコは江戸のお人には通じませんか。これはご無礼致しました。何んと申したらよいものか、柄、刺し方でしょうかのう」

「文様ですかい」

喜十が口を挟むと、おやえは嬉《うれ》しそうに、それぞれと応える。

「大お内儀の国許《くにもと》とモドコが違うというのはどこでわかるのだ」

上遠野は不思議そうに訊いた。

「これの肩に縞が入っておりましょう？　わだすの国では、縞は刺さねェのす。花っこ、豆っこ、鱗《うろこ》、テコナ、猫のまなご、田のクロ、馬の轡《くつわ》、ベゴなどがモドコとなりやす」

テコナは蝶々《ちょうちょう》で、猫のまなごは猫の眼、田のクロは田の畦《あぜ》、ベゴは牛のことだった。土地によって、様々な言葉の違いもあるものだと喜十は改めて思う。こぎん刺しの文様は身近にあるものから生まれたようだ。

「なるほど。そもそも、こぎんとはどういう意味だ」

上遠野は、ふと思い出して、おやえに訊く。

「こぎんは野良着のことを指すのでござりやす。小布《こぎれ》（小巾《こきん》）が訛ったものと思われます」

「こぎんは野良着のことで、縫い取りのことではないんですね」

喜十は確かめるように言った。

「さよでござりやす。こぎんに刺す縫い取りだから、こぎん刺しと申します」

それを聞いて、喜十も何んとなく腑《ふ》に落ちた気がした。もっとも腑に落ちたところで、安行寺で死んだ仏とは繋がらない。

「大お内儀さん、こぎん刺しが津軽地方で盛んになったのは、何か訳でもあるんですかい」

喜十がそう訊くと、おやえは、もちろん、大きな訳がござりやす、と深く肯いた。

享保《きょうほう》の時代というから、今から百年近くも前の話である。大規模な倹約令が出され、農民は野良着、普段着に木綿物を用いることを禁止されたという。それを聞いて、喜十は大層驚いた。絹物を禁止する触《ふ》れは聞いたことがあるが、まさか木綿までとは思っていなかったのだ。

享保九年（一七二四）の「農家《のうか》倹約《けんやく》分限令《ぶんげんれい》」がそれで、享保の改革のひとつでもあった。

それは後で上遠野が教えてくれた。

幕府の倹約令が出てから、津軽地方の農民は紺麻布を着ていたが、何分にも麻は織維が粗く、それで冬の寒さを凌ぐことができなかった。そのため、女達は布目を埋める目的で縫い取りをするようになり、やがて、生地の補強から装飾性の高いこぎん刺しへと発展したようだ。

仏の残した野良着のこぎん刺しは西こぎんと呼ばれ、弘前《ひろさき》城下から中津軽一帯で刺されるものらしい。肩の部分に横縞と、魔よけ、蛇よけの「逆さこぶ」というモドコが特徴である。これに対し、おやえのこぎん刺しは東こぎんと呼ばれ、モドコも西こぎんとは趣《おもむき》を異にしているという。その他に三縞こぎんと呼ばれる三本の縞が特徴の北津軽で刺されるもののもあった。

「この江戸に津軽から出て来た者は多いものかの」

ひとしきり、こぎんの話を聞いてから上遠野はおやえに訊いた。

「そうでござりやすなあ。津軽は冬の間、野良仕事が休みになるので、出稼ぎに来る者は多いでしょうなあ。うちの店も冬になると水夫《かこ》として津軽衆がやって来ます」

「近頃、行方の知れない者は出ておらぬか」

「そういう話は聞いておりませんなあ」

「他に津軽の人間が出稼ぎするとしたら、どこになるかの」

「それは本所の津軽様のお屋敷でござりやしょう。中間《ちゅうげん》や下男は、やはり津軽衆の方がお屋形《やかた》様も使い易《やす》いと思いやすので。それでも、近頃は江戸雇《やと》いが増えているとも聞いております」

本所・緑町《みどりちょう》には津軽藩の上屋敷がある。本所は浅草とも近い。上遠野は、ふとピンと来た様子で、いや、大お内儀、ためになる話を聞かせてくれてありがたかった、と礼を述べた。

「上遠野様、日乃出屋さん、つまらぬものですが、これをお持ち下さいませ」

おやえは傍《かたわ》らの小簞笥《こだんす》の抽斗から手作りの合切袋を出して二人に渡してくれた。

「女房が大喜びしますよ」

喜十は笑顔で応えた。

「上遠野様のはテコナ、日乃出屋さんのは馬の轡になりやす」

「これを刺すとなったら手間が掛かるのでしょうね」

喜十は縫い取りに眼を落しながら訊いた。

「三寸四方を刺すのに十日ほど掛かりやす。それでも冬の間、おなご達の楽しみですよ。津軽のおなごは、八つぐらいになると、もうこぎん刺しを始めます」

「なるほど。厳しい倹約令があったからこそ生まれたものですね」

「さよでござりやす。工夫次第でこの世の中、どうにかなるものでござりやす」

「それが大お内儀の信条となったのか」

上遠野は感心して言った。

「信条などと、大層らしいものじゃございやせんが、わだすはそう思って暮らして来ました」

見知らぬ江戸へ嫁に来た当時は、おやえもさぞかし心細かっただろう。それを慰めたのがこぎん刺しでもあったはずだ。そういう慰めが自分にあっただろうかと喜十は考えたが、どうも思いつかない。まあ、おそめが傍にいてくれたのが幸いと思うばかりだ。

住吉屋を出ると「旦那は津軽様のお屋敷に問い合わせなさいやすか」と喜十は訊いた。

「うむ」

「仏の素性が知れるといいですね」

「仏のこぎんは誰が刺したんだろうな。母親か女房か」

「さあ、どっちでしょうね」

「美しいモドコの陰には厳しい歴史があったのだな」

「さいです。きれえなものには、なぜかむごさを感じることがありやすよ」

「ほほう」

上遠野は茶化すような眼で喜十を見た。

「また、わっちをからかうようなことをおっしゃるつもりですかい」

「いや、その通りだと思うただけだ。よし、お前はこれでお役ごめんだ。後はわしに任せろ」

「さいですか」

思わず声が弾んだ。こぎん刺しの上着が入った風呂敷包みを上遠野に手渡したついでに「そろそろ、見世に幾らか入れていただけやせんか」と喜十は言った。

「何んと言った。近頃、耳が遠くなったようで、よく聞こえぬ。わしはこれからお役所に戻って次の対策を練らねばならぬ。またな」

上遠野はそう言って、そそくさと一石橋《いっこくばし》に向かって去って行った。一石橋を渡れば呉服橋《ごふくばし》があり、北町奉行所は呉服橋御門の中にあった。

いけ図々《ずうずう》しい。喜十は心底、腹が立つ。もう二度と上遠野の仕事に手を貸すものかと思う。いつも上遠野に丸め込まれて来た自分にも嫌気が差した。

「もう、わっちの見世に来るな！」

喜十は上遠野の背中に向かって低い声で呟いた。聞こえないはずだが、上遠野はその拍子に振り返り、じろりと喜十を睨《にら》んだ。

喜十は慌てて頭を下げる。上遠野は、ちッと舌打ちして先へ進んだ。何が、耳が遠くなっただ。地獄耳の持ち主だろうが、と喜十は皮肉な気持ちで思った。

四

住吉屋のおやえから貰った合切袋を、おそめは大層気に入った様子で、外出の際には手放さない。捨吉のよだれ拭《ふ》きや鼻紙などを入れておけると重宝していた。合切袋に眼を留めた女達は誰しも褒めるという。上遠野の手助けをしてよかったのは、それぐらいであろう。と言っても、それは上遠野のお蔭《かげ》でなく、おやえの心配りだ。

上遠野はあれ以来、ふっつりと日乃出屋を訪れなくなった。浅草広小路で銀助の姿を見掛けることもあったが、安行寺でこと切れた仏のことには、さっぱり触れず、近頃出没するようになった掏摸《すり》を追い掛けるのにおおわらわだった。喜十は仏のことが気になっていたが、後は任せろという上遠野の言葉を受け留め、自分から、どうしたどうしたと訊くつもりはなかった。

仏のことについて、新しい話を小耳に挟んだのは近所の大工職人の留吉《とめきち》からだった。

喜十は日乃出屋の暑さに閉口して、何んとかならないかと留吉に相談していた。留吉は生返事で応えていたが、仕事が一段落すると日乃出屋にやって来て、見世のあちこちに注意深い眼を向け、品物を納めている棚の横の壁に窓を拵《こしら》えたらどうかと言った。窓の外は庭になるので、灯り取りの効果もあるし、もちろん、風の通りも期待できるという。

「だけど、雨でも降ったら、中に入り込んで品物が濡《ぬ》れちまうよ。それに、安くない銭も掛かるだろうし」

「窓には雨戸をつけるよ。おれだってばかじゃねェ。それぐらい考えるさ」

留吉は難しい仕事でも朝めし前だ、みたいな言い方をする。いや、窓を取り付けるぐらい留吉にすれば確かに朝めし前だろうが、金を出すこっちは、朝めし前とはならない。

「しかし、窓は建具職人に注文するんだろ？」

「いんにゃあ、古道具屋で手頃なもんを見つけて来るわな」

「そうか、古道具屋という手があったか」

喜十は、ほっとした。

「ただし、どんな窓でも文句は言いっこなしですぜ」

留吉は念を押す。

「任せる。安けりゃ何んでもいい。留さんの手間賃は、ちゃんと払うから、よろしく頼むよ」

「おれの手間賃なんざ考えなくてもいいって。近所のよしみってもんもあることだし」

留吉は鷹揚《おうよう》な顔で言って引き上げた。喜十もこれで、少しは暑さから解放されるものと安心した。ところが、古道具屋の主《あるじ》が大八車《だいはちぐるま》で運んで来た窓を見て、ぎょっとした。

それは見るからに寺で使われていたような代物だったからだ。古道具屋の主は「これは狭間華燈窓《さまかとうまど》と申しまして、当たり前に買えば、大層、高直《こうじき》な品でございやすよ。二分（一両の半分）とはお安い買い物になりましたね」と、笑顔で言った。四十がらみの主は喜十と同じで、つまらない品物でも掘り出し物のように褒めそやす。思わぬところで仇《かたき》を取られた気分だった。

「大工の留さんは、本当にこれでいいと言ったのかい」

喜十は確かめるように訊《き》いた。内心では普通の短冊窓《たんざくまど》か丸窓を想像していたのだ。

法衣を纏った僧侶《そうりょ》の背中を見るような窓の形に喜十はげんなりした。

「ええ。よくごらん下せェ。窓枠は黒檀《こくたん》ですから豪華ですぜ。一枚窓のように見えやすが、引き戸になっておりまして、開けると外の風を入れることもできやす」

どうしたらいいものかと思案する喜十に古道具屋の主は、すんません、お代をお願い致しやす、と急かした。

「まてまて。うちの奴《やつ》に訊いてからにする」

喜十はすぐに台所にいるおそめを呼んだ。

おそめが、こんな物は古手屋《ふるてや》にふさわしくありません、と言ってくれることを期待していた。ところがおそめは、まあ、何んて風情《ふぜい》のある窓なんでしょう、と感歎の声を上げた。

「これを見世につけるんだぜ。おかしいじゃねェか。留さんも何考えていたんだか。それに二分もするってよ」

「本所の伯父さんの家にも床の間の横にこれと似たような窓がついているの。あたし、いつもいいなあって思っていたの」

「え？　そいじゃ、お前は気に入ったのかい。こいつは驚きだ。古手屋にこの窓はないだろう」

「留さんがうまい具合に収めてくれますよ。一分ですね。受け取りは持って来ました？」

おそめは念のため、古道具屋の主に訊く。

「へい。ちゃんと持って参じやした」

主は安心したように疎《まば》らな歯を見せて応《こた》えた。はあ、とため息が出る。こんな仏臭い窓をつけるぐらいなら、暑さを堪《こら》えるほうがましだとさえ喜十は思った。

翌日、留吉は手元《てもと》（大工の見習い）を一人連れて来て、さっそく、壁に穴を開け始めた。

喜十は仏頂面《ぶっちょうづら》でその様子を見ていた。留吉は観音開きの雨戸も用意して来て、狭間華燈窓などと舌を嚙《か》みそうな名前のついた窓を取りつけると、得意気に雨戸を開き「乙でげしょう？」と喜十に言った。

そこから庭の井戸と台所が見えた。初めて眺める景色に思えた。

「やっぱ、これでよかったな。どうでェ、竹蔵《たけぞう》」

留吉は十五、六の手元に訊く。痩《や》せて蚊とんぼのような身体《からだ》をしている竹蔵は、いいっすね、とおざなりに応える。

「だろ？ほれ、すいすい、いい風も入って来らァ。旦那、いかが様で？」

笑顔で窓の出来を訊かれたら文句は言えない。

「まああだな」

「そいつはよかった」

「で、手間賃は幾らだ」

「えと、雨戸を拵えたし、竹蔵を連れて来たんで、さいですね、一分いただいてよござんすか」

窓の代金と合わせて都合三分。日乃出屋としては大きな掛かりとなった。おそめはとても気に入ったようで、何度も窓を開けたり閉めたりした。おそめが気に入ったんだから、これでよしとするか。喜十はようやく諦《あきら》めをつけた。

手間賃を払った後、茶を飲みながら、そう言や、旦那は本所に狐憑《きつねつ》きが出た話は知っておりやすかい、と留吉は訊いた。喜十より幾つか年下の留吉は無駄な肉がついておらず、ちょいと見には独り者のようだ。とても五人の子持ちとは思えない。竹蔵は留吉の傍でおそめが出した麦落雁《むぎらくがん》を嬉しそうに頬張り、時々、捨吉をあやすように百面相を拵えた。ああか（ばあか）、ああか、と捨吉は笑う。駄目でしょ、お兄さんをばかと言っちゃ、おそめがすぐに窘《たしな》めた。

「狐憑きってか？　知らねェなあ」

喜十は首を傾《かし》げた。

「今年の春頃から様子がおかしくて、稲荷《いなり》の社《やしろ》に忍び込んで、供《そな》えていたおこわなんかを喰っていたらしいですぜ。お狐さんがご馳走《ちそう》してくれたなんぞとほざいていたらしいですがね」

「それで、その狐憑きがどうした」

「死にやした」

「……」

「本所の津軽様の屋敷に奉公していた中間らしいですぜ。訳がわからねェことを喋《しゃべ》るし、その内に仕事もさっぱりしなくなり、寝泊まりしている中間固屋《どや》から出て来なくなったそうです。だいたい、この暑いのに国のおっ母さんが拵えた厚ぼったいどてらのようなもんを着込み、あせもで身体中が真っ赤になっているのに脱ごうとしなかったらしいですよ。仲間が中間固屋から引きずり出して無理やり脱がせようとしたら、暴れやしてね、そん時、大きな庭石に頭をぶつけて、血をだらだら流したそうですよ。仲間は取り押さえて手当しようとしたんですが、奴はそのまま屋敷を飛び出して行方知れずとなってしまいやした」

留吉の話を聞いて、安行寺で死んだ男だと喜十は思った。心持ちが普通でなかったから、こぎん刺しの上着を放さなかったのだろうと得心が行く。

「奉行所の調べでようやく素性が知れたんだな」

喜十はため息交じりに言う。

「さいです」

「とり敢えず、殺しでなくてよかった」

「え？　旦那《だんな》は奴のことを知っていたんですかい」

留吉は驚いた様子で訊く。

「上遠野の旦那がこの間から、身許の知れねェ仏のことを、あちこち聞き廻っていたのよ」

「なある」

「その男は安行寺の縁の下でくたばっていた」

「本所から、だァと走って、浅草まで来た訳ですかい」

「らしい」

「あのですね、狐が人に化ける時ァ、どこかひとつおかしなところがあるらしいですよ。紋付・袴《はかま》の足許が汚ねェ藁草履《わらぞうり》だったり、曇り空の日に笠《かさ》を被《かぶ》っていたりするそうです。死んだ祖母《ばあ》ちゃんが言っておりやした」

留吉の話は横道に逸《そ》れる。

「留さん、死んだ男は狐が化けたんじゃなくて、憑いたんだろ？」

喜十は呆れた顔で言った。

「それはそうですが……」

「夏だからって、怪談にすることもないよ。ああ、気色悪い」

喜十は背中が寒くなった。

「うちの姉ちゃんは、押入れに小さい婆《ばあ》さんがちょこんと座っているのを見たことがあるそうです。それ以来、誰かが傍にいない時は決して押入れを開けなくなりやした」

竹蔵も愉快そうに口を挟んだ。おそめは顔色を変えて奥に引っ込んだ。

「お内儀さんが怖がっているじゃねェか。余計な話をしやがって」

留吉は竹蔵の後頭部を張って窘める。

「兄さんが先に変な話をしたんじゃねェですか」

竹蔵は不満そうに言葉を返した。

「うるせェ。その場の雰囲気を考えろ」

手元を叱《しか》る留吉は、なかなか貫禄《かんろく》があった。

小半刻《こはんとき》（約三十分）後、二人は道具箱を担《かつ》いで引き上げて行った。窓から風が入って来る。喜十は心地よさそうに眼を瞑《つぶ》った。

それにしても安行寺で死んだ男が狐憑きだったとは思いも寄らなかった。しかし、これで素性が知れたから、奉公していた武家屋敷は骨壺《こつつぼ》とこぎん刺しの上着を国許の家族に託すのだろう。

内心では、喜十は狐憑きなど信じちゃいなかった。津軽の村から出て来て、慣れない江戸暮らしをしている内に精神が蝕《むしば》まれてしまったのだろう。親身に話を聞いてくれる仲間もいなかったようだ。ただひとつの心の拠《よ》り所が例のこぎん刺しの上着だったのだろう。

切ない話である。たかが着古した上着一枚でも、それを身につける者に深い意味があるのだと改めて思う。

「お前さん、お願い。押入れを開けて。捨吉のお昼寝用の蒲団《ふとん》を出したいの」

おそめが青い顔で言葉を掛けた。

「ばか。いい年して、竹蔵の話をまともに取ったのか。どうかしている」

喜十は癇《かん》を立てた。

「だって……」

「ああか言うな」

捨吉が喜十の前に来て文句を言った。眠いくせに、母親に加勢しているつもりなのだ。

「わかった、わかった」

喜十が素直に応えると、捨吉は安心したように喜十の膝に乗り、そのまま指をしゃぶってまどろみ始めた。喜十はおそめに、寝かせるから、ここは任せろと目顔で合図した。

おそめは少し笑ったが、竹蔵の話がひどくこたえている様子でもあった。

五

上遠野がようやく日乃出屋を訪れたのは、虫の声が聞こえるようになった夜のことだった。捨吉を養子に迎えてから、上遠野は夜に日乃出屋にやって来なくなった。赤ん坊の泣き声を聞きながら酒を飲んでもうまくないということなのだろう。喜十はそれを却《かえ》って幸いと思っていた。長いつき合いとはいえ、所詮《しょせん》、自分は町人、上遠野は武家だ。友人関係にはなり得ない。それでも無沙汰《ぶさた》が続くと、どうしたのだろうと気になるから不思議だった。

「邪魔するが、よいか」

上遠野は遠慮がちに訊いた。紋付羽織に着流しの恰好《かっこう》で、務め帰りに立ち寄ったらしいが、ふわりと酒の香がした。

「どうぞ、どうぞ」

喜十は如才なく中に促《うなが》した。五つ（午後八時頃）ぐらいで、珍しく捨吉は早く床に就《つ》き、静かな夜になった。店座敷に座ると、上遠野は懐《ふところ》から紙入れを出し、中から小粒（一分）をつまみ上げて、喜十の膝の前に置いた。

「少ないが取ってくれ」

「よろしいんですかい」

喜十は面喰らう思いで訊いた。

「ツケがだいぶ溜《た》まっているだろうと思うてな。商家からの付け届けで壺だの、小皿だのを献残屋《けんざんや》に売り払ったところ、結構な額となったのよ。それでお前の見世《みせ》にも回そうと、前々から考えていた」

「お心遣い、ありがとう存じやす」

喜十は本当にありがたくて頭を下げた。大名や武家が必要のない献上品を献残屋に買い取って貰うのは知っていた。隠密廻《おんみつまわ》り同心をしている上遠野の所にも、警護をよろしくという意味で付け届けがあるのだろう。受け取りを書こうとしたが、なに、そのようなものはいらぬ、と上遠野は制した。

「では、確かにいただきましたので、帳簿に付けておきますよ」

「上遠野様、ずい分、ご無沙汰でございましたねえ」

おそめが酒の入った徳利《とっくり》と湯呑《ゆのみ》、それに枝豆を山盛りにした皿を盆に載せて現れた。

「捨吉は寝たのか」

上遠野は捨吉の顔が見たかったらしい。

「はい。本日は大工の留さんの子供達に遊んで貰《もら》ったので、疲れたのでしょう。いつもより早く寝てしまいました」

「そうか。ちと、残念だのう」

「ごゆっくりなすって下さいまし」

おそめは、そう言って奥に下がった。

「やって下せェ。旦那と飲むのは久しぶりだ」

喜十は上遠野に湯呑を持たせ、徳利の酒を注いだ。

「馳走になる」

上遠野はこくりと頭を下げた。いつもの上遠野と少し様子が違うような気がした。

「元気がありやせんね。何かありやしたかい」

「いや、特に何もないが、安行寺の仏のことが頭から離れぬのだ。どうしたことかのう」

「狐憑きだったという噂《うわさ》を聞きやしたが」

「ふむ。住吉屋の大お内儀が言っていた通り、津軽藩の上屋敷に奉公していた中間だった。吾作《ごさく》という三十二の男で、独り者だった。五男だったので、口減らしを兼ねて江戸へ奉公に出されたのだ。したが、奴は奉公よりも野良《のら》仕事が性に合っていたらしい。盛んに国に帰りたいと言っていたそうだ」

「可哀想《かわいそう》ですね。挙句に狐憑きになって死んでしまったんじゃ」

「国許の家に手紙で知らせたそうだから、誰か骨を引き取りに来るはずだ」

「ついでに、あの上着も一緒に持たせるんですね」

「ああ、多分な。吾作はどういう男だったのかと仲間の中間に訊くとな、様子がおかしくなる前は、花の好きな優しい男だったそうだ」

「花ですかい？」

「どこからか真っ白い百合《ゆり》を掘って来て、中間固屋の傍にあった破《や》れ鍋《なべ》に植え、毎度眺めていたそうだ。百合を眺める奴の顔は何んとも言えないほど満足そうに見えたという。それを聞いて、わしは不覚にも涙がこぼれた。なぜかのう」

上遠野は遠い眼をして言った。

「花の好きな野郎がいても不思議じゃありやせんが、そういうことは、あまり表には出しやせんよね。吾作はよほど花が好きだったんでしょう。そういう男だったから江戸の暮らしにも、なかなかなじめなかったんですね」

「人の倖《しあわ》せとはいかなるものであろうかの」

「……」

「お前は倖せか？」

真顔で訊かれると何んと応えていいかわからない。

「今日の旦那は少し様子が違いますぜ。旦那も狐に誑《たぶら》かされたんじゃありやせんか」

喜十は上遠野の湯呑に酒を注ぎながら言った。

「そうかも知れぬ」

「え？」

「なに、冗談だ。さて、そろそろ引けるか」

上遠野は急いで酒を飲み干すと腰を上げた。

「お気をつけてお帰りなさいやし」

そう言ったが、上遠野が足を通した履き物を見て、喜十はぎょっとした。雪駄《せった》ではなく女物の下駄だったのだ。すると、留吉の言葉が俄《にわか》に甦《よみがえ》った。狐が化けると、どこかひとつおかしなところがあると。女物の下駄は、まさにそれではないのか。

ざわざわと悪寒《おかん》を感じながら上遠野を見送ると、喜十は慌《あわ》てて暖簾を下ろし、油障子を閉めて、しんばり棒を支《か》った。

「あら、もう暖簾を下ろしてしまうんですか？　まだ四つ（午後十時頃）前ですよ」

おそめが出て来て怪訝《けげん》そうに言う。日乃出屋は、普段は四つまで見世を開けている。

「今夜の旦那は少しおかしかった。もしや狐が化けたんじゃなかろうか。旦那が出した金も明日になったら木の葉に変わってしまうかも知れないよ」

おそめはその拍子に噴き出した。

「笑い事じゃないんだ。女物の下駄を履いていたんだぜ」

「どこかで間違えたんでしょうよ。ああ、可笑《おか》しい」

おそめは相手にしない。後片づけをしながらも喉《のど》の奥でさざなみのような笑い声を立てていた。

その夜、喜十は夢を見た。見るからに寒そうな浜辺を、こぎん刺しの上着を着た男達が十四、五人ほど、ざっざっと砂を踏み締めて歩いて行く。その様子を眺めていると、男達の顔が突然、陶器でできた狐に変わった。うわっと悲鳴が出る。狐が一斉に喜十を見る。その内の一人が近づいて来て、喜十の額を叩《たた》いた。

「痛ッ！」

そこで眼が覚めた。額を叩いたのは狐ではなく捨吉だった。

「ねんねするの、ねんね」

捨吉はそう言って、喜十を制した。呻《うめ》き声がうるさかったのだろう。

「あい」

喜十は素直に応え、ああ、夢だったのかとほっとした。こぎん刺しを追い掛けている内、女達がひと針、ひと針刺した思いまで知らずに心の中に忍び込んだのだろうか。いや、死んだ吾作が自分の気持ちを誰かに伝えたくて、あらぬ夢を見せたのだろうか。わからない。

むろん、上遠野が支払った金は木の葉とはならなかった。後で聞いたところ、銀助に案内された小料理屋で酔客に履き違いをされたという。

おそめはまだ、押入れを開けるのにためらいを見せる。困ったものである。

鬼

一

陰暦八月に入ると、ようやく暑さも和らぎ、過ごし易《やす》い季節となった。浅草・田原《たわら》町《まち》二丁目で古手屋《ふるてや》の「日乃出屋《ひのでや》」を営む喜十《きじゅう》は、いつものように、明六つ（午前六時頃）の鐘が鳴ると、暖簾《のれん》を出し、見世前の掃除をした。

それが済むと喜十は朝の清々《すがすが》しい空気を胸いっぱいに吸い込んだ。雀《すずめ》の鳴き声も朝には似つかわしい。もっとも、人通りの少ない朝だからこそ鳴き声に気づくのであって、日中は往来する人々の下駄《げた》の音、かまびすしい話し声、荷を運ぶ大八車《だいはちぐるま》の車輪の軋《きし》む音などに阻《はば》まれ、ほとんど聞こえない。それとも雀は朝だけしか鳴かないのだろうか。そんなこともあるまい。今も朝一番に商売を始める納豆売りや豆腐売りの触《ふ》れ声がすると、雀の鳴き声はつかの間、途絶えたように感じる。触れ声が遠退《とおの》くと、また鳴き声がする。要するに辺《あた》りが静かでなければ、雀に限らず鳥の鳴き声は人の耳に届かないのだ。

雀は、見た目は愛らしい鳥だが、警戒心が強く、滅多に人にはなつかない。喜十が子供の頃、父親が怪我《けが》をして飛べなくなった雀を連れ帰ったことがあった。悪餓鬼《わるがき》に石でもぶつけられたのか、羽のつけ根がぱっくりと割れ、血が滲《にじ》んでいた。母親が軟《なん》膏《こう》をつけようとしたが、雀は激しく暴《あば》れた。父親も手を貸し、二人は大層苦労して雀に軟膏を塗り、空いていた鳥籠《とりかご》に入れた。

間近に雀を見るのは、喜十にとって初めてだった。しかし、喜十がじっと見つめると雀は危険を感じて、羽をばたつかせた。

母親にそっとしておき、と言われたが、子供の喜十はそうすることができず、日に何度も鳥籠を覗《のぞ》いた。母親は餌《えさ》を与えていたと思うが、食べていたかどうかは覚えていない。

夜に喜十が床に就いてからも雀が羽をばたつかせる音が聞こえた。おとなしくしていなければ、傷が治らないのにと、喜十は心配でたまらなかった。朝になると抜けた羽が鳥籠の底に幾つも落ちていた。間近に見る雀の眼は鋭かったが、いずれ傷が治ったら自分になついてくれるのではないかと、喜十は思っていた。指に乗せて遊ぶ想像までしていた。だが、雀はなつくどころか暴れてばかりで、家に連れて来てから三日目に、とうとう死んでしまった。

あの激しく羽をばたつかせる雀に喜十は野生動物の片鱗《へんりん》を感じたものだ。人間様は怖いものだから、決して気を許してはいけない、雀は喜十にそう言っていたような気がする。

　雀が死んでがっかりした様子の喜十に、父親はめじろでも飼おうかと言ってくれたが、喜十は首を横に振った。鳥なんて、もうたくさんだった。以来、鳥は一度として飼ったことがない。雀を入れていた鳥籠も、いつの間にか家から消えてしまった。きっと、鳥籠を見れば、喜十が雀を思い出すと考え、母親がそっと処分したのかも知れない。

「じょじょのまあこと、たがものしいか、そうか、そうかのよい月夜〜」

　息子の捨吉《すてきち》が、朝から訳のわからない唄《うた》をうたっている。そうか、そうかのよい月夜はわかるが、その他は意味不明だ。捨吉は唄の好きな子供である。だが、子守唄やわらべ唄は好まない。この間まで捨吉がうたっていたのは木遣《きや》り節《ぶし》だった。木遣り節に飽きて、新しい唄を仕入れたらしい。鳥よりも人間の子供を育てるほうがずっとおもしろい。喜十は感傷的な思い出を振り払うと、竹箒《たけぼうき》を片づけ、見世《みせ》の中に入った。

　捨吉は店座敷の真ん中に立ち、両手を握り締め、顎《あご》を上げてうたっていた。藍色《あいいろ》の格子《こうし》縞《じま》の四《よ》つ身《み》（子供の着物）と焦《こ》げ茶色の三尺帯がよく似合う。捨吉によさそうな品物が入ると、女房のおそめは、すぐさま引き抜いてしまう。そのせいで日乃出屋の四つ身はいつも品薄である。おそめに文句は言えない。言えば、捨吉のためでしょうが、お前さんは捨吉が可愛《かわい》くないのと、すぐさま反論されるに決まっている。

「何んの唄だ」

喜十が訊《き》いても捨吉はそしらぬ顔で、唄を続ける。台所ではおそめが朝めしの用意をしていた。いつもは、捨吉のすることを教えてくれるのに、おそめは聞こえない振りをしている。ということは、子供にふさわしい唄ではないらしい。

「ささ、朝ごはんができましたよう」

おそめの声に捨吉は唐突にうたうのをやめ、茶の間に向かった。

「なっと！」

捨吉は声を張り上げて催促する。納豆のねばねばが顔につくと痒《かゆ》くなるので、本当は食べさせたくないのだが、捨吉の好物なので仕方がない。

炊《た》き立てのめしに納豆、大根の味噌汁《みそしる》、それに漬け物が朝の定番の献立である。

「捨吉がうたっていたのは何よ」

おそめが箱膳《はこぜん》の前に座り、箸《はし》を取ると喜十は訊いた。おそめはため息をついてから、

「おたふく女郎粉引歌《じょろうこひきうた》」ですよ、と応《こた》える。近頃はやりの戯《ざ》れ唄で、酔っ払いの男ど

もが好んでうたっている。捨吉はどこかでそれを聞いて覚えたらしい。

「女郎の誠《まこと》と卵の四角、晦日《みそか》晦日のよい月夜」が正確な歌詞だ。この世にないものを皮肉って唄にしたものである。捨吉は喜十とおそめのやり取りを聞いて、うたい出した。

「これ、おやめなさい。ごはんを食べている時にうたう人がありますか」

おそめが窘《たしな》めると、捨吉はチェッと舌打ちして、渋々やめた。その舌打ちも一丁前で、喜十に笑いが込み上げた。

「誰に教わったんだろう」

「留《とめ》さんのところのけん坊」

おそめはぶっきらぼうに応える。近所の大工職人の留吉には五人の子供がいる。おそめは捨吉が退屈すると、留吉の家に連れて行き、子供達と遊ばせて貰《もら》う。捨吉もそれを楽しみにしているが、末っ子の五歳になるけん太が悪たれ坊主《ぼうず》で、留吉と女房のおたかの悩みの種だった。今に番太《ばんた》の店（木戸番が内職で出している店）で万引でもしないかと心配している。

捨吉は年が近いせいでけん太になついている。その影響で悪い言葉やうたわなくてもいい唄まで覚えてくる。おそめは内心でけん太と遊ばせたくないようだが、留吉とおたかの手前、そうも行かない。また、世間には様々な人間がいるので、捨吉を籠の鳥のように育てることはできない。おそめは、ぐっと堪《こら》えて見て見ない振りをしているのだ。まあ、捨吉も悪たれ坊主の素質を備えているので、けん太が傍にいようがいまいが、悪さをする時はするだろう。だが、万引は困る。けん太が万引すれば、きっと捨吉も真似《まね》をするはずだ。その気配があった時には留吉と一緒に強く叱《しか》ろうと喜十は今から胆《きも》に銘じていた。

朝めしを食べ終えると、捨吉は顔をしかめ、かゆ、かゆと言った。案の定、納豆のねばねばがほっぺたについたらしい。おそめは濡《ぬ》れた手拭《てぬぐ》いですばやく捨吉の顔を拭《ふ》いた。

「さあて……」

捨吉は顔を拭かれてさっぱりすると腰を上げた。

「けん坊の所に行くのか」

喜十が訳知り顔で訊くと、捨吉は肯《うなず》く。

「変な唄は覚えて来るな」

「ヘッ」

捨吉は小ばかにしたように吐き捨てる。

「お前《め》ェは子供の振りをした遊び人じゃねェのか」

からかうように言うと、べべらぼうと悪態《あくたい》をついた。べらぼうめいと言っているつもりなのだ。

「親父《おやじ》に向かって言う言葉か」

「たん（ちゃん）のあけ、ああか！」

禿《は》げとばかを一緒に言われて喜十もさすがに腹が立ち、拳骨《げんこつ》をお見舞いした。捨吉は盛大に泣き声を上げた。

「ほら、ごらん。叱られるようなことを言うからよ。今度から気をつけなさいよ」

おそめは捨吉を抱き上げて宥《なだ》めた。捨吉の泣き声が大きかったので、見世に客が来たのにも少しの間、気がつかなかった。

二

「ちょいとごめんなさいよ」

甲高い女の声が聞こえ、喜十は慌《あわ》てて店座敷に出た。

四十がらみの女の客は初めて見る顔だった。細身の身体《からだ》をしていて、美人ではないが愛嬌《あいきょう》のある顔をしている。だが、女の左耳の傍《そば》に目立つ瘤《こぶ》ができていたので、喜十は、ぎょっとした。何か病《やまい》を抱えているのだろうかとも考えたくなる。しかし、女は笑顔で、こちらのお見世に、くたくたになった浴衣《ゆかた》や肌襦袢《はだじゅばん》は置いていませんかねえ、と訊いた。

「くたくたになった浴衣と肌襦袢ですかい」

　喜十は怪訝《けげん》な顔で訊き返した。古手屋にやって来る客は、できるだけ新品に近いものを求める。わざわざ、くたくたになったものを、というのが解《げ》せなかった。

「なにね、あたしが着るんじゃないんですよ。倅《せがれ》がね、肌がひび割れて、がさがさなんですよ。冬になると、特にひどくなります。新しい着物だと肌と擦《こす》れて血が出ることもあるんです。それで古手屋さんなら、倅によさそうなものも置いているんじゃないかと思いましてね」

「赤ん坊のおむつも、肌に当たることを考え、古い浴衣を解《ほど》いて拵《こしら》えますが、その理屈ですかねえ」

「そうそう。その通りですよ」

　女は嬉《うれ》しそうに肯いた。

「さて、ご要望のお品がありますかどうか。お上がりになって少しお待ち下さいませ」

喜十はそう言って、おそめに茶を出すよう言いつけた。女は、ふと後ろを振り返り、伝吉《でんきち》、お入りよ、と声を掛けた。外で息子が待っているようだ。

おずおずと見世に入って来た二十歳《はたち》前後の若者を見て、喜十はまたも、ぎょっとした。

母親とよく似た顔はまだしも、単衣《ひとえ》から出ている猪首《いくび》が、古びた獣《けだもの》の皮のようにざらざらしている。肌の色も灰色がかっていた。小さめの手の甲も、藁草履《わらぞうり》を突っ掛けた足も同様だった。いったい、この若者はどうしてこのような肌になったのか、喜十には皆目、見当もつかなかったが、くたくたになった衣類を求める理由には合点がいった。

喜十は動揺を気取られないように見世の棚にある浴衣と、肌襦袢の類《たぐい》を取り上げて二人の前に拡《ひろ》げた。若者は手に取らず、じっと眺めている。出した品物に不満なのか、そうでないのか、その表情からは読み取れない。小さな眼を少し動かしただけだった。

おそめが茶を運んで来た。おそめも親子の様子に驚いただろうが、表向きは何事もない表情で茶を勧める。

「おそめ、こちらさんは、くたくたになった浴衣と肌襦袢がほしいのだそうだよ」

「まあ、困りましたねえ。幾ら古手屋でも、あまり古くなったものはお見世に置いていませんもので」

おそめはすまなさそうに応える。

「息子さんは冬になると肌が荒れるんだそうだよ。だから、くたくたで柔らかくなったもののほうがいいらしい」

喜十はさり気なく事情を説明する。おそめはつかの間、とまどったような顔をしたが、ふと思い出したように「お前さんのお古の浴衣、あれはどうかしら。もう、お尻《しり》の辺りが薄くなって破けそうだったから、屑屋《くずや》さんにでも払い下げようと思っていたんですけど」と言った。

「幾ら何んでも、それはお客様に失礼だろう」

喜十がそう言うと、女は、いえ、それも見せて下さいな、と口を挟《はさ》んだ。

「少しお待ちになって」

おそめは二階の部屋に向かった。

「近所の人に声を掛けて、幾らか着る物を分けて貰っていたのですが、それも底を尽きましてね、古手屋を何軒も廻りましたが、なかなか思うような品物がなくて……」

女は息子の着物探しに疲れた様子でため息をついた。

「おら、何んでもいい。擦れて血が出たところで、大したことはねェ。慣れているよ」

伝吉という若者はぼそりと応えた。

「お客様はどちらからおいでになりましたか。うちの見世は初めてですよね」

喜十はおそめが戻って来る間、手持ち無沙汰《ぶさた》でそう訊いた。

「日本橋の大伝馬町《おおてんまちょう》から参りました。倅と二人で裏店《うらだな》住まいですよ。あたしは日中、大工の親方の家で女中をしておりますが、倅は酒屋に奉公しております。なに、奉公と言っても立ち飲みの客に酒を出すだけですがね」

「そいじゃ、本日は息子さんの着物探しのために、わざわざ暇を貰って来たんですか」

「ええ。うちの親方も酒屋の大将も、倅の事情はよくわかっていますので、快く出してくれましたよ」

「よい主《あるじ》に恵まれましたな」

喜十はおざなりに応える。他にお世辞の言葉も浮かばなかった。

「本当にありがたいですよ。この子は生まれつき肌が弱くて、子供の頃は顔と身体中に吹き出物が出ておりました。近所の子供達は気持ち悪がって、ほとんど一緒に遊んでくれませんでしたよ。十五、六になった頃にようやく吹き出物が引いたと思ったら、今度は肌ががさがさとなり、硬くなってしまったんですよ。あちこちの医者に診《み》て貰いましたが治りませんでした」

「大変でしたな」

「もう、本当に大変でしたよ。近所の人は倅を化け物扱いしまして、それも辛《つら》かったですね。一時は倅と親子心中しようかと思い詰めたほどですよ。でも、倅は死ぬ覚悟があるのなら、二人で江戸に出て暮らそうと言ったので、五年前に出て来たんですよ」

「ほう、お客様は江戸のお人ではないのですか」

「ええ。奥州《おうしゅう》の小さな村に住んでおりました。亭主は小作の百姓をしておりましたが、食べるだけのかつかつの暮らしでしたよ。亭主が病で死んだから、あたしらは江戸に出る気になったんですよ」

　女がぽつぽつと自分達の事情を説明していると、泣きやんだ捨吉がやって来て、喜十の横に立ち、じっと二人を見ている。ばかなことを言い出さないかと、喜十は、はらはらした。喜十の心配をよそに、捨吉は伝吉に近づき、あろうことか膝《ひざ》の前で重ねていた手に触った。

「捨吉、駄目だよ」

喜十はさり気なく制したが、冷や汗が出る思いだった。

「いたい、いたいか？」

捨吉は若者の顔を覗き込むように訊いた。

「いや、痛くねェ」

伝吉はそう応え、薄く笑った。すると捨吉はその横に座って、にッと笑った。伝吉もつられたように笑う。

「旦那《だんな》さん。よい坊ちゃんですね。倅の顔を見ると泣き出す子が多いのに、ここの坊ちゃんはそうじゃない。ねえ？」

女は伝吉に相槌《あいづち》を求める。伝吉も嬉しそうに肯いた。

「いい子、いい子」

捨吉が自分で自分を褒《ほ》めたので、喜十は苦笑した。そこへようやくおそめが柳行李《やなぎごうり》を抱えて戻って来た。

「お待たせして申し訳ありません。このようなものしかございませんが、いかがでしょうか」

おそめは鼻の頭にけし粒《つぶ》のような汗を浮かべながら、柳行李から衣類を出し、二人の前に拡げた。女はさっそく手に取り、これならいいのじゃないかえ、と伝吉に訊いた。

伝吉はさほど興味がないような表情で肯いた。柳行李の中には着古して、それこそくたくたになった浴衣と肌襦袢、長襦袢が入っており、底のほうには赤い越中《えっちゅう》ふんどしまであった。越中を見て、おそめは慌てて脇《わき》へ寄せた。だが、女はそれもほしいと言った。

「でも、幾ら何んでも下帯までは……」

おそめは躊躇《ちゅうちょ》する。

「洗っているのですから、気にしませんよ」

女は意に介するふうもなく、袂《たもと》から風呂敷《ふろしき》を取り出して、柳行李の中身をすべて包んだ。

「さて、お幾らになりますでしょうか」

女は風呂敷を結ぶと、改まった顔で訊いた。

「手前の着古しですから、お代はいただけやせんよ。どうせ屑屋行きになるものですからね」

喜十は鷹揚《おうよう》に応える。

「でも、それじゃ、気の毒ですよ。幾らか取って下さいましな」

「本当によろしいのですよ。息子さんのお役に立てるのなら、あたし達も嬉しいですから。生地の薄くなったところは、お客様がうまく継《つ》ぎを当てて下さいまし」

おそめも喜十と同じ気持ちでいたようで、そう言った。

「ええ、それはお気遣いなく。よかったね、伝吉。これで冬場の仕度が間に合った」

女は弾《はず》んだ声で伝吉に言うと、何度も頭を下げて帰って行った。

「可哀想《かわいそう》な親子ですね。息子さんの鮫肌《さめはだ》だけでも悩みの種なのに、自分の顔にも瘤ができるなんて。どうしたことでしょうね」

おそめは客が帰ると低い声で言った。

「え？　あの伜は鮫肌なのかい？」

鮫肌がよくわからない喜十は驚いておそめに確かめる。

「他に何んて言えばいいのか、あたしにもわかりませんよ。湯屋で、たまに肌がざらざらしている人を見ることがありますけど、あの息子さんほど、ひどくなかったですよ。親の悪い体質が影響しているのかも知れませんね」

「薬種屋《やくしゅや》に行けば、よさそうな薬がありそうなものだが」

「それは、さんざん試したと思いますよ。でも治らなかった。まだ若いのに……うちの捨吉があんな肌になったらと考えたら、胸が詰まりましたよ。よかった、うちの捨吉じゃなくて」

おそめに悪気はなかっただろう。だが、その言葉は喜十の癇《かん》に障《さわ》った。

「何んだ、そのもの言いは。捨吉に禍《わざわい》がなければ、よその倅がどうなってもいいと言うのか。手前勝手なことをほざくな。人のふんどしまで締めなきゃならねェ倅の気持ちを考えろ！」

喜十は思わず怒鳴った。おそめの顔は真っ青になった。捨吉も喜十の剣幕に驚いて、じっとなりゆきを見ている。

「あたしはただ……」

「うるせェ。ああ、気がくしゃくしゃする。ちょっと外で頭を冷やしてくる」

喜十はそう言って前垂れを外し、土間口の下駄を突っ掛けた。珍しく捨吉は後を追わなかった。

三

行くあてはなかったが、喜十は見世を出ると浅草広小路に足を向けた。一杯引っ掛けたい気分だったが、まだ陽は高い。なじみの茶酌女《ちゃくみむすめ》のいる水茶屋で茶でも飲もうと思った。

水茶屋の「桔梗屋《ききょうや》」は見世を開けていたが、午前中の早い時刻だったので客もおらず、三人の茶酌女は所在なげに外を眺めていた。その中のおみよという二十歳になる女が、めざとく喜十に気づき、あら、旦那、お珍しい、と弾んだ声を上げ、喜十の袖《そで》を引いて見世の中に促《うなが》した。

「渋い煎茶《せんちゃ》をくれ」

赤い毛氈《もうせん》を敷いた床几《しょうぎ》に座ると、喜十は仏頂面《ぶっちょうづら》で言った。

「あい。渋い煎茶、一丁！」

おみよは声を張り上げた。釜《かま》の前にいた女が「あいよ、承知」と応える。

「朝から広小路をほっつき歩いているなんて、何かありました？　ご商売がうまく行っていないのですか」

おみよは煎茶の入った湯呑《ゆのみ》を運んで来ると、心配そうに訊いた。

「商売のほうは相変わらずだ。さして儲《もう》けはないが、干乾《ひぼ》しになるほどじゃない」

「よかった。ところで、旦那は貰いっ子したんですってね」

おみよは訳知り顔で言う。

「ああ。誰に聞いた」

「銀助《ぎんすけ》親分ですよ」

銀助は界隈《かいわい》を縄張にする岡っ引きだ。銀助も女房に水茶屋をやらせているが、喜十は、ほとんどそちらへは行かない。一度入って、茶代をぼられたせいもある。

「養子にしたのは一年以上も前の話だ」

「そんなになるんですか。親分にこの前、聞いたばかりなので、つい最近のことだと思っていましたよ。今、お幾つ？」

「だいたい、みっつだ」

「だいたいって、相変わらず旦那はおかしなことをおっしゃる」

おみよは口許《くちもと》に掌《て》を当てて笑う。

「喰い詰めた者がうちの見世の前に捨て子したのよ。だから、正確な年はわからねェ。うちの奴《やつ》は赤ん坊の世話をしている内に、すっかり情が移ってしまったらしい。銀助親分と上遠野《かとの》の旦那の勧めもあって、養子にしたんだよ」

上遠野平蔵《へいぞう》は北町奉行所で隠密廻《おんみつまわ》り同心をしている男で、喜十とのつき合いも長い。

「そうだったんですか。お内儀《かみ》さんは可愛がっているのでしょうね」

「ああ。喜んで倅に振り回されているよ」

「旦那はどう？　可愛い？」

「どうかな」

「うそ、可愛いはずよ。でも、先のことを考えると、少し心配ね」

そう言ったおみよの顔を喜十はまじまじと見つめた。皺《しわ》もしみもないきれいな肌をしている。伝吉とは雲泥《うんでい》の差だった。

「何が心配なのよ」

「そのう、ちょっと言い難《にく》いけど……」

おみよはつかの間、躊躇する表情になった。

「遠慮はいらねェ。喋《しゃべ》ってくれ」

「ええ。坊ちゃんが年頃になって、実の親じゃないと知った時、ぐれるのじゃないのかと思って。そういう話はよく聞くので……」

「……」

「ごめんなさい。余計なことを言っちゃった」

おみよは慌てて謝る。

「いや、おみよちゃんの言うことも一理あるよ。だが、実の親だろうが、うその親だろうが、ぐれる奴はぐれる。そん時は仕方がないと諦《あきら》めるさ」

「旦那はそれでいいの？　せっかく手塩に掛けて育てたのに、ぐれたら腹が立たない？」

「腹は立つだろうよ。二、三発、殴るかも知れないよ」

「そうよねえ、それが普通の男親よねえ」

おみよは、しみじみとした顔になって肯く。おそめと自分が可愛がってやれば、捨吉はぐれることもないと思うのだが、先のことはわからない。

喜十は煎茶を飲みながら、広小路へ眼を向けた。人通りはまだそれほどでもないが、四つ（午前十時頃）を過ぎれば、浅草寺へ参詣《さんけい》する客や、周りに軒《のき》を連ねている床見《とこみ》世《せ》（住まいのつかない店）をひやかす客でごった返すだろう。

菰《こも》で包んだ荷を積んだ大八車が喜十の目の前を通った。中身は何んだろう。大八車の構えに対して荷が多過ぎるような気がした。荒縄で結わえているが、進む度に荷が左右に揺れている。その時、捨吉より少し大きな男の子が、ふらりと出て来た。親の姿は見えない。危ないなあと思った矢先、大八車の荒縄がぶちッと音を立てて切れ、荷が転げ落ちた。運悪く、荷は子供を直撃し、子供は尻もちをつくような恰好《かっこう》で引っ繰り返り、そのまま動かなくなった。喜十はすぐさま立ち上がり、子供の傍に行った。子供は気を失っていた。

「この子の親はいませんか」

喜十は子供を抱き上げ、声を張り上げた。

だが、親は一向に現れなかった。大八車を引いていた人足は、ぶるぶる震えているばかりだった。騒ぎを聞きつけ、銀助がやって来たのは幸いだった。

「日乃出屋、すぐさま赤甚《あかじん》の所へ運んでくれ。おれもここの始末をつけたら、すぐに駆けつける」

「わかりやした」

喜十は東仲町《ひがしなかまち》の町医者赤堀甚安《あかぼりじんあん》の許へ急いだ。腕の中の子供は眼を閉じて、ぴくりともしない。このまま、いけなくなるかも知れないと悪い想像もしていた。その時、喜十もおそめと同様、捨吉でなくてよかったと、心底思っていたのだった。

赤堀甚安は外科が専門の町医者だった。豪放磊落《ごうほうらいらく》な人柄と容貌魁偉《ようぼうかいい》な面相から、赤鬼と渾名《あだな》で呼ばれることもある。喜十や銀助は赤甚と呼んでいたが。

甚安の診療所は朝から患者が押し掛けていたが、喜十が、先生、子供が広小路で怪我をしました、先に診てやって下さい、と声を張り上げると、おう、と野太い返答があった。

その前に土間口に出て来たのは着物の上に白い十徳《じっとく》（医者が着用する上っ張り）を羽織った十八、九の若い娘だった。かなりの美形である。細面《ほそおもて》の色白で、鼻筋が通り、眼もぱっちりしている。それが甚安の娘だった。確か上に息子が二人いるはずだ。今はよそで医業に励んでいるという。甚安の妻は十年ほど前に亡《な》くなり、その後、百合《ゆり》江《え》という娘は父親の仕事を手伝っていた。

「どうぞ、こちらへ」

百合江は手当場に促しながら、お子さんはどのような状況で怪我をされたのでしょうか、と訊いた。

「大八車の荷が落ちて、この坊主にぶち当たってしまったんですよ」

「眼を離した隙《すき》だったのですね」

百合江は詰《なじ》るような口調で言う。

「あのう、この坊主は手前の倅じゃござんせん。手前は、たまたま居合わせただけですよ」

「あら、申し訳ありません。あたしはてっきり……それじゃ、親御さんは今、どちらに？」

「わかりやせん。銀助親分が親を捜して、おっつけ、ここへやって来るとは思いますが」

「そうですか。先生、先生、早くなさって」

百合江は、きッと顎を上げると、声高に甚安を呼んだ。また、おう、と返答があった。

甚安はがっしりした身体の六尺近い大男である。百合江と同様、十徳を羽織っていたが、袖から出た腕には黒々とした毛が生えていた。腕だけでなく、手の甲まで毛だらけだった。伸びた揉《も》み上げまで鬱陶《うっとう》しい。まるで獣のような男である。赤鬼と呼ばれるのもわかるような気がする。

百合江が本当の娘かどうかも疑いたくなるというものだ。甚安の年は五十ぐらいだろうか。年齢も、喜十には、ちょっと見当がつかなかった。

「大八車の荷が落ちてぶつかったそうです」

百合江は淡々とした口調で説明した。診療台に寝かせられた子供を見下ろし、甚安はつかの間、思案顔をした。子供の恰好は垢《あか》じみていなかったので、それなりの家の子供だろうと察せられた。

「大丈夫ですかい、先生」

喜十は心配で横から訊いた。甚安は脈を執《と》った後、子供の瞼《まぶた》を開けて眼を覗き、骨折していないかどうかも調べた。それから頭に触った。

「おお、結構なたんこぶができてるぞ。たんこぶができてるから大事ない。気を失っただけだ。その内に眼が覚める。百合江、坊主の頭を冷やしてやれ」

甚安は、いとも簡単に診立てる。百合江はそれを聞くと、はい、と応えた。ほどなく銀助が子供の両親とともに現れたので、喜十もほっとした。そのまま帰るつもりで玄関に向かうと、別の部屋で手当てする甚安の姿が眼に入った。甚安は怪我をした患者の腕に包帯を巻きながら軽口を叩《たた》いていた。

ふと、喜十は伝吉と、その母親のことを訊《たず》ねてみたい気がした。しかし、甚安の邪魔になりそうなので、どうしたものかと思案した。

その内に甚安の眼がこちらを向いた。まだ何かあるのかと怪訝な表情でもあった。

「ちょいと先生にお伺いしたいことがあるんですが、お忙しそうなのでまたの機会に致しやす」

「構わん。話をしながらでも病人の手当てはできる。こっちに入りなさい」

甚安はそう言って、中へ促した。喜十は遠慮がちに入り、甚安の横に座った。次の患者は足を引きずっていた。三十二、三の職人ふうの男だった。

「どうだ、まだ痛むか」

「へい、少し」

「厠《かわや》には一人で行けるか」

「大丈夫でさァ」

「それなら、足慣らしに近所を歩き回れ」

「へい……」

「仕事も軽いものなら始めてもいいぞ」

「ご冗談を。屋根なんぞに上がれませんって」

「誰が屋根に上がれと言った。普請《ふしん》現場に出かけなくとも、道具の手入れなど、色々あるだろうが。うちの庭の塀が壊れているのは、いつ手直しするのだ？」

男はどうやら大工らしい。

「やりますよ、やればいいんですね」

「そうだ、やればいいんだ。手前ェの身体は医者任せにせず、手前ェで治すぐらいの気持ちを持て。膏薬《こうやく》はまだあるか？」

「少し足して下せェ」

「おおい、百合江。源《げん》さんに膏薬をやってくれ」

甚安は耳鳴りしそうなほど大声を張り上げた。はあい、と返答があった。

「ちょっと小休止」

大工の男が引き上げると、甚安はそう言って喜十に向き直った。

「手前、田原町で古手屋を営む喜十と申す者でございます。ご挨拶《あいさつ》が遅くなりました」

喜十は恐縮して頭を下げた。

「うむ。それで喜十さんの話とはどのような」

「へい。うちの見世に来た客なんですが、どうにも気になりましてね、先生なら、よいお知恵を拝借できるのではないかと思いまして」

喜十はそう言って、伝吉とその母親のことを話した。甚安は腕組みして、喜十の話を聞いた。

「喜十さんは鮫肌とおっしゃられたが、それがしの世界では魚鱗癬《ぎょりんせん》と申します。汗や脂《あぶら》の出る部分の異常で、親の悪い体質が引き継がれていると考えられまする。一般的に夏に症状が和らぎ、乾燥する冬場に悪化致します」

「へい、お客様も先生のおっしゃる通り、冬場の過ごし方を案じておられました。くたくたになった衣類でなければ肌と擦れて血が出るんだそうです」

「これも一般的な意見ですが、そのような症状でも大人になれば治るものですが、その若者は、そうではないらしい。治療は難しいかも知れませんが、全く手立てがない訳でもありませぬ。それがしなりに考えておきます」

「よろしくお願い致します。それと母親の瘤はどうしたものでしょうね」

「悪い病も考えられますので、症状を見ない内は何んとも申し上げられませんな。悪いものだと、体力を奪い、やがて死に至りまする」

「いえ、本人は至って元気でした」

「ほう、ならば……」

そこで甚安は剃《そ》り残った顎鬚《あごひげ》を撫《な》でた。

「長期に亘《わた》って同じものを食べ続けると、そのような症状になることがありますぞ」

「同じ喰いものですかい」

「菜っ葉《なっぱ》の類ですな。酒と一緒に摂《と》ると身体の中で石に変わることもあります」

恐ろしいと喜十は思った。喜十も青菜のお浸《ひた》しで酒を飲むことが多い。

「それは極端な例でござる。ほどほどにしておれば大事ない。ほれ、白米も食べ続けると江戸煩《わずら》い（脚気）を引き起こすと聞いたことがありましょう」

「ええ。そん時は麦を交ぜるとよろしいんですね」

「さよう。詳しいことは、それがしもよくわからぬが、要するに様々なものを、まんべんなく食べるのが人の身体にはよいらしい。同じものばかりはよくないということです」

「ありがとうございやす。今度、そのお客様に会いましたなら、先生のご意見を伝えますよ」

「それがしも気になるので、都合がつけば、ここへ来るようにおっしゃって下され」

「承知致しやした」

喜十は礼を述べて、甚安の診療所を出た。

桔梗屋に寄って、茶代を払うついでに、もう一杯茶を飲み、それから日乃出屋に戻ったが、早や昼刻《ひるどき》になっていた。

四

「遅かったですね」

おそめは低い声で言った。昼めしはうどんのようだ。捨吉がうまそうに啜《すす》っていた。

「召し上がります？」

おそめはにこりともせずに訊く。

「ああ、ご馳走《ちそう》してくれ。広小路で子供が大八車から転げ落ちた荷にぶつかり、気を失ったのよ。それで赤堀先生の所に運んで手当てをして貰ったんで、すっかり刻を喰ってしまった」

「まあ、大変でしたねえ。子供は大丈夫でしたか」

「先生は大丈夫とおっしゃっていたよ。あの子供を見て、わっちも捨吉じゃなくてよかったと思ったよ。人は勝手なものだな」

「親なら誰でもそう思いますよ。子供のいない内は、どの子も等しく可愛いし、無事に育ってほしいと願っていたのに、いざ、自分の子供ができると、よその子のことなんてどうでもよくなって、ただ我が子ばかりに眼を向けてしまう。母親は我が子を庇《かば》うあまり、鬼になってしまうものかしらね」

「鬼だって？」

喜十は少し驚いて、おそめをまじまじと見た。母親の情を鬼にたとえるとは畏《おそ》れ入る。

「ええ。男の人はどうかわかりませんけれど、女の気持ちの中には、そういうものが確かにあるような気がするのよ。鬼になるのは我が子だけと限らない。心底惚《ほ》れて尽した相手に背《そむ》かれたら、殺したいほど憎くなるのよ」

「可愛さ余って憎さが百倍ってか？」

「そう、その通りですよ」

「お前にそんな相手がいたのけェ？」

喜十は茶化すような口調で訊いた。内心では、たとえばの話ですよ、とはぐらかすかと思ったが、おそめは小さな吐息をついた。

「お前さんと一緒になる前、あたし、お父《と》っつぁんと同業の息子さんとの縁談が持ち上がり、祝言《しゅうげん》を挙げることになっていたんですよ。その話は前にしているでしょう？」

「ああ」

おそめの父親は深川で材木問屋を営んでいた。本所にいる母方の伯父も同じ商売だが、当時は父親の店のほうが羽振りがよかったという。ところが、父親が友人の借金の保証人となったことから店は傾いたのだ。本所の伯父も幾らか援助したようだが、店が元通りになるまでには至らなかった。父親は心労のあまり床に就き、ついには帰らぬ人となった。おそめの祝言の相手は当然のように縁談を反故《ほご》にした。

「いい人だったんですよ。縁日に連れて行ってくれたし、亀戸《かめいど》の藤《ふじ》が満開となれば、一緒に見物にも行きましたよ。おそめさんを女房に持つ自分は果報者だなんて、甘い言葉を囁《ささや》いて」

おそめはそこで悔しそうに唇を嚙《か》んだ。

「事情が変わったんだよ。仕方がないことだ」

喜十はそう言って慰めたが、おそめは納得しなかった。

「あたしが秋田屋《あきたや》の娘だったから縁談を承知したってことね。秋田屋が潰《つぶ》れたらその意味もなくなったということでしょう？」

おそめの実家は秋田屋の屋号を掲げていた。初代の主が秋田出身で、江戸へ出て来て、材木の運搬人から興《おこ》した店だった。

「まあ、祝言なんざ、本人同士よりも家同士の話で決められるから、それも仕方がないさ」

「そうじゃないの。あたしに甘い言葉を囁いたあの人が、どんな顔で祝言を反故にしたかと思うと信じられない気持ちだったんですよ。仲人《なこうど》さんがうちに断りを入れてひと月も経《た》たない内に、あの人が別の娘さんと深川の八幡様《はちまんさま》に繰り出して、甘酒を一緒に飲んでいたのを見たんです。悔しくて、悔しくて、匕首《あいくち》でぶすりと刺してやりたくなりましたよ」

「だが、おそめは堪えたんだろう？」

「ええ。まだおっ母《か》さんがいましたから。これ以上、おっ母さんを辛い目に遭わせたくなくて」

「偉かったよ、おそめは。普通は気が治まらなくて、本当にやっちまう場合が多いからね。そうなったら、わっちと今頃、ここでこうしちゃいない。わっちは嫁になる人もおらず、独り身を通していただろう。捨吉だって、うちの子供になっていなかったよ」

そう言うと、おそめはようやく笑い、本当にそうですね、と応えた。

「おそめはおなごの気持ちの中に鬼がいると言ったが、そいつはおなごに限らねェよ。男の悋気《りんき》なんてものも、相当凄《すご》いものだぜ。同じような境遇の男達の中で、親の遺産が転がり込んだり、いい身代の娘を嫁にしたり、侍《さむらい》なら大幅に出世した奴を、どんなに仲がよかった者でも、こんちくしょうと思うものさ。何かあれば嚙みついてやろうと待ち構えているんだ」

「まあ、そうなんですか」

「皆それぞれ、胸ん中に鬼を抱えているってことだな。鬼が顔を出すか出さないかは、その人間の器量次第なんだろう」

「お前さんは大丈夫？」

「そんなことはわからねェよ。たとえば、上遠野の旦那とは、今まで何んとかやって来たが、この先、袂《わ》を分かつことがないとも限らねェしよ」

「人の気持ちって、怖いですね」

おそめはそう言うと、捨吉の口許を手拭いで拭いた。捨吉も胸に鬼を抱えながら生きて行くのかと思えば、喜十は何んだか不憫《ふびん》だった。ふと、伝吉とその母親のことが喜十の脳裏をよぎった。親子は今まで、その身体のことで心ない人々に傷つけられて来ただろう。

さぞかし恨んでいるはずだ。それとも仕方のないことだと諦めの境地に達しているのだろうか。伝吉が奉公する酒屋や大伝馬町にある住まいを正確に聞いておけばよかったと、喜十は少し悔やんでいた。甚安に診て貰えば、何か手立てがありそうな気がしていた。完治しなくても、今より少しましになれば、あの親子は倖《しあわ》せだろう。だが、気を入れて親子の居所を捜そうとまでは思わない。たまたま、もう一度出会う機会があればよいと、ぼんやり思っていただけである。

上遠野平蔵が浅草広小路で気を失った子供の親とともに日乃出屋を訪れたのは、三日後のことだった。両親は世話になった喜十に是非とも礼をしたかったらしい。

「別にお礼には及びやせんよ。わっちは、たまたま近くにいただけですから。誰でも子供が怪我《けが》をしたとなれば手を貸しますよ」

喜十は当たり前のことをしただけだと、子供の親に言った。二人とも二十代の若い夫婦だった。亭主は浅草広小路の床見世で小間物商売をしており、あの日は天気がよかったので、女房は散歩がてら、子供を連れて亭主の見世に行った。ところが、その日は珍しいことに朝から客が立て込み、女房は、なり行きで手伝いをしなければならなくなった。

子供はその間に、一人で広小路をぶらつき、事故に遭ってしまったのだ。幸い、赤堀甚安が診立てた通り、子供はたんこぶができただけで、命に別状はないという。

夫婦はお礼に酒の入った小さな角樽《つのだる》と菓子折を差し出した。ここで遠慮するのも夫婦の気持ちに悪いと考え、喜十はありがたく頂戴《ちょうだい》することにした。角樽には大伝馬町二丁目「掛川屋《かけがわや》」の屋号が記してあった。それを見て、喜十はひょっとして伝吉が奉公する酒屋がそこではないのかという気がした。

「つかぬことをお訊きしますが、おたく様は大伝馬町にお住まいですか」

「いいえ、手前どもは田所町《たどころちょう》に住んでおります。大伝馬町の掛川屋さんは、手前のてて親が贔屓《ひいき》にしておりまして、酒はいつもそこから取っております。もっとも手前は下《げ》戸《こ》なもので、せいぜい、盆暮に親戚《しんせき》が集まる時だけ注文するぐらいですよ」

のっぺりした顔の亭主はそう応《こた》えた。

「その掛川屋さんに二十歳ぐらいの若い者が奉公しておりやせんか。伝吉という名前ですが」

「は、はい。伝ちゃんなら、よく知っておりますよ。母親思いのいい子ですよ。五年ほど前から掛川屋さんに奉公しております。気の毒に肌の持病があり、住んでいた村では、さんざん苛《いじ》められたらしいです。まあ、掛川屋さんでも、酔っ払いに罵《ののし》られることはありますがね。手前も売れ残りのへちま水をあげたことがありますが、それぐらいでは治りそうもありませんでした」

「そうですか。いや、わっちも伝吉のことは気にしていたので、居所がわかってよかったですよ。近い内に訪ねてみるつもりです。手間が省けました。こちらこそ、お礼を申し上げます」

「いえいえ。お礼なんてとんでもない。それじゃ、話があべこべだ」

亭主は苦笑交じりにそう言った。夫婦はそれから何度も頭を下げて帰って行ったが、上遠野はそのまま見世に残った。

「旦那、思わぬところで酒が手に入りましたぜ。今夜あたり、一杯どうです?」

喜十は上機嫌で上遠野に言った。捨吉は菓子折に目をつけ、おそめにねだっている。おそめは、のの様にお供《そな》えしてから、と制した。

「すぐ、すぐ」

捨吉は急《せ》かす。根負けしたおそめは捨吉を茶の間に連れて行った。

「掛川屋の伝吉か……ひどい鮫肌の若い者だな」

上遠野は独り言のように呟《つぶや》いた。伝吉のことを知っているようだ。

「へい。この間、うちの見世に母親と一緒にやって来ました。肌に障りのない浴衣や襦袢を探しに来たんですよ。若いのに可哀想だと思いやしたよ。それで、さっきの夫婦の子供を甚安先生の所へ運んだ時に、ちょっと伝吉のことを先生に相談したんですよ。何んとかならないかと。先生は手立てを考えておくとおっしゃいましたよ。伝吉もそうですが、あの母親も耳の傍にでかい瘤があるんですよ。そいつも何んとかならないかと思いましてね」

「お節介だの」

上遠野は醒《さ》めた口調で言う。喜十は、そのもの言いにむっとした。いつものことだが。

「大伝馬町界隈で、近頃、野良《のら》犬《いぬ》や野良猫の屍骸《しがい》が目立っておる。何者かが棒で打ち殺し、あろうことか、腹をかっさばいておるのだ」

上遠野は唐突に、そんな話を始めた。

「それが伝吉と何か関わりでもあるんですかい」

上遠野はそう訊《き》いた喜十に何も応えず、つかの間、黙った。いやな気持ちがした。

「掛川屋での伝吉の奉公ぶりは至って真面目《まじめ》である。主も手放しで褒めておる。掛川屋では飼い猫がいるが、それも伝吉になついているようだ。ただ、その飼い猫が……ぶちという名前だったかの、ちょいと外に出た時に近所の野良猫が待ち構えていて襲って来たのよ。塵取《ちりと》りに山になるほど、ぶちは毛を毟《むし》られたらしい。それからしばらくして、ぶちを襲った野良猫の屍骸が道端に転がっておったそうだ」

「伝吉が怒りのあまり事に及んだって、ことですかい」

「野良猫一匹ぐらいなら、わしらも見て見ない振りをする。しかし、二度、三度と続けば、これは捨て置くことならぬ。ふん、犬公方《いぬくぼう》様の時代なら、即刻、打ち首獄門だ」

五代将軍徳川綱吉《つなよし》は「生類憐《しょうるいあわれ》みの令《れい》」を発して、人の命よりも動物の命を重く見たという。ために綱吉は犬公方と称されたのだ。それは喜十も父親から聞いたことがある。天下の悪法だった。

「二度、三度と繰り返すのが解《げ》せませんね。皆、伝吉がやったんですかい」

喜十は確かめるように訊いた。

「いや、今のところ、近所が噂《うわさ》をしておるだけだ。伝吉が犬猫を殺す現場を見た者は、まだ出ておらぬ」

「さいですか……」

その時の喜十は、伝吉の仕業《しわざ》かそうでないかは半信半疑だった。

「赤甚は伝吉の肌を診てくれるようだな」

「へい。あの先生は医者として伝吉の症状に興味を持っている様子でした」

「ならば、赤甚の所に連れて行くついでに、銀助の自身番で少し話を聞くことにするか。その時はお前もつき合え」

「わ、わっちが？」

「伝吉を案じているのだろう？」

「ええ、そりゃまあ」

「乗り掛かった船だ。最後まで面倒を見てやれ。小間物屋から貰《もら》った酒は事件が解決するまで取って置け」

上遠野は勝手に仕切る。酒を貰ったのは自分で、あんたじゃない。喜十は言えない言葉を胸で呟いていた。

五

それからひと廻り（一週間）ほど経った夕方、銀助が日乃出屋を訪れ、これから伝吉と母親を迎えに行って、甚安の診療所に向かうと言った。

「上遠野の旦那は一緒じゃねェんですかい」

姿の見えない上遠野を喜十は気にした。

「旦那とは掛川屋で落ち合うことになっている。伝吉にトンズラする恐れはねェと思うが、念のため、旦那は向こうで待つと言いなすった。頃合を見て、お前《め》ェも赤甚の所に顔を出してくれ」

「先生には繋《つな》ぎをつけているんですかい」

「ああ。犬猫のことも、それとなく伝えてあるんで、他の病人がいねェほうがいいだろうと、わざわざこの時間にしてくれたのよ」

「診察が終わったら伝吉の取り調べをするんですね」

「おうよ」

「伝吉は罪に問われるんですかねえ」

「さほど重い罪にはならねェだろうが、それでも人心を惑わしたってことで、百敲《ひゃくたた》きぐれェは喰らうかも知れねェ」

「百敲き……」

伝吉が百敲きを受けたら、その肌は、さらに悪化するような気がした。何んとか内々で収めることはできないものだろうか。

喜十の心配をよそに、銀助は、頼んだぜ、と言って出て行った。

ため息が出る。甚安の所になど行きたくなかった。しかし、すっぽかせば、後で上遠野に何を言われるか知れたものではない。喜十は時刻になっても品物の整理をする振りをして、ぐずぐずしていた。

「お前さん、お出かけにならないんですか」

おそめが気にして、そう言った。伝吉の事情はそれとなく、おそめに話していた。

「気が進まねェなあ」

喜十はうんざりした表情で応える。

「わかりますよ、お前さんの気持ちは。でも、銀助親分と上遠野様は伝吉さんをぎりぎり締め上げると思うの。お前さんがさり気なく助け船を出してあげたら、伝吉さんも少しは気が楽になるはずですよ」

「そうかなあ」

「たん、おしもと（お仕事）、おしもと」

捨吉まで口を挟む。

「おきゃあがれ。こいつはお父っつぁんの仕事じゃねェわ」

思わず声を荒らげた。ああか、と捨吉は悪態をつき、逃げるように茶の間に行った。

「もはや、拳骨《げんこつ》を躱《かわ》す技を身につけていやがる」

喜十は苦々しく言うと、渋々、腰を上げた。

「いってらっしゃいまし」

おそめは低い声で喜十を送り出したが、心配そうな表情だった。


赤堀甚安の診療所では、すでに伝吉が半裸になって、甚安に背中を見せていた。傍には母親と銀助、それに上遠野がつき添っていた。

甚安の横には百合江も控えていた。上遠野は喜十に気づくと「遅かったな」と、ちくりと嫌味を言った。

「すんません。ちょいと客が立て込んでいましたもんで」

喜十はとり繕って応えた。

伝吉の裸を目《ま》の当たりにして、喜十は今さらながら衝撃を受けていた。それは人の肌と思えなかった。筋状にひび割れた肌が伝吉の背中を覆《おお》っている。しなびた牛蒡《ごぼう》を見るようだった。甚安は伝吉の背中をゆっくりと撫でながら、くちなしめしを喰ったことがあるか、と訊いた。母親が、もちろん、食べさせましたよ、でも、さっぱりでした、と伝吉の代わりに応える。

くちなしの実は消炎、利尿、鎮静、止血の他、肌荒れにも効果があると言われている。

くちなしを煎じた汁で炊《た》いためしは鮮やかな黄色で、子供の頃、喜十は親戚の家で一度だけ食べたことがある。その家の女房は、別にくちなしの効能を期待して炊いたのではなく、たまたま、その家の庭にくちなしを植えていたからだろう。

「色々と試して来たのだな」

甚安は母親の苦労を慮《おもんぱか》るように言った。

「はい、それはもう。よいと言われるものは、ほとんど試しました。倅《せがれ》を治したい一心で」

「おてつさんは母親の鑑《かがみ》だ」

甚安は母親を褒め上げた。伝吉の母親はおてつという名前だったのかと喜十は思った。

甚安は伝吉の背中を診てから、こちらを振り向かせ、今度は足の様子を診た。太腿《ふともも》から踝《くるぶし》に掛けても同じような症状だったが、左足だけは、それほどでもなかった。というより、踝はつるりとしている。はて、伝吉の左足だけはまともだったのだろうかと、喜十は怪訝《けげん》な思いがした。甚安もめざとくそれに気づき、こっちの足はきれいになっているが、何か薬をつけたのか、と訊いた。

「いえ……」

「以前から、こっちの足には障りがなかったのか？」

「いえ、ひと廻り（一週間）ほど前から、こっちの足だけよくなりやした」

伝吉はおずおずと応える。ひと廻り前と言えば、上遠野から犬猫の屍骸が転がっていると聞かされた頃だ。

「ふむ。心当たりは？」

「別に」

伝吉は相変わらず、ぼそりと応える。甚安は低く唸《うな》り、傍にいた百合江に例の薬を、と命じた。百合江は少し緊張した表情で、はい、と応えた。

百合江がほどなく持って来たのは、小さな常滑焼《とこなめやき》の蓋《ふた》つきの瓶《かめ》だった。棚ざらしになっていたらしく、蓋には埃《ほこり》がついていた。百合江はそれを布で拭《ふ》くと、甚安に差し出した。

蓋を開けると、焦《こ》げ茶色の脂のようなものが入っていて、少しいやな臭《にお》いがした。

「先生、その薬は何んでござるか」

上遠野は気になった様子で訊いた。

「これでござるか。奉行所のお役人の耳には、あまり入れたくありませんな」

「と言うと？」

「人の血と脂でござる」

「何んと！　先生はそれをどこから入手されたのでござるか」

上遠野は甲走《かんばし》った声を上げた。

「それがしもお取り調べでござるか？　これは浅草溜《あさくさため》から持ち込まれたものでござる」

甚安は毅然《きぜん》として言い放つ。

浅草溜とは非人頭《ひにんがしら》に預けられた病囚の療養所のことである。その場所は新吉原《しんよしわら》の近くにある。

「溜で死んだ者を荼毘《だび》に付す前に血と脂を少々、いただきまする。これがひび、あかぎれの妙薬となるのでござる」

それが悪いかという感じで甚安はぎらりと上遠野を睨《にら》んだ。

「毒を以《も》って毒を制す、いや、人の身体《からだ》を以って人の身体を治すという訳ですな」

上遠野は慌《あわ》ててとり繕う。甚安のしていることが違法かどうか、喜十にはわからない。恐らく違法だろう。だが、医者として病人のためになるなら何んでもするぞという甚安の気迫に圧倒されたのか、上遠野はそれ以上、咎《とが》めることは言わなかった。

甚安は固まった脂状のものを伝吉の身体に丁寧になすりつけた。

「さて、これで少し様子を見ることに致す。他に薬も出すゆえ、三度のめしの後に飲むように。よろしいかな？　三日後、もう一度ここへ来るように。ささ、身仕舞いしてよろしいぞ」

薬を塗り終えると、甚安は伝吉にそう言い、代わって母親のおてつを手招きした。

甚安はおてつの瘤《こぶ》も丁寧に触った。

「どうしてこのようになったのか、心当たりはありますかな？」

「さあ、心当たりと言われても……」

「毎日、同じものを食べ続けたということはござらんか」

「ああ、それでしたら、うちの親方の所で青菜のお浸しを拵《こしら》えますと、茎を落とします でしょう？　もったいないので、あたしはそれを貰って、食べることが多いですよ。お腹《なか》も膨れますしね」

「原因はそれだ！」

甚安は間髪を容《い》れず応えた。

「まさか、青菜の茎でそんなことになるなんて」

おてつは信じられない表情で言った。

「茎の赤い部分には、眼につかない砂がついておる。少量なら大事ないが、毎日のように食しておれば消化できずに身体の中に溜まり、それが瘤となって現れたのだ」

「じゃあ、この中は砂が入っているんですか」

「恐らくそうだろう。どれ、ぐずぐずしている隙《ひま》はない。すぐに取り除くとしよう」

「切るんですか」

「ああ」

「先生、あたしはこのままでいいですから」

おてつは及び腰になる。百合江は、大丈夫ですよ、すぐに済みますから、と宥《なだ》めた。

甚安はおてつの瘤のつけ根を絹糸で縛り、周りを焼酎《しょうちゅう》で消毒したと思ったら、鋭利な刃物でいっきに瘤を切り落とした。

おてつが喚《わめ》く隙もないほどのすばやさだった。血が盛大に迸《ほとばし》ったが、甚安はすぐさま血止めをし、後は百合江が油紙で蓋をして包帯を巻いた。

「死ぬかと思いましたよ」

おてつは恐ろしさに涙を溜めた眼で言った。

切り離された瘤は掌《てのひら》に収まるような大きさだったが、甚安が刃物でしごくと、中から灰色の砂のようなものが出て来た。

「傷が治るまで湯屋は控えるように。それから、なるべく傷には触らぬように。以上でござる」

甚安はそう言うと、ほっとしたように吐息をついた。

「いや、先生。鮮やかなお手並みでござった」

上遠野は心底感心したように言う。銀助は血を見るのが苦手なので、横を向いて、両目を手で覆っていた。

「ところで、伝吉。お前が犬猫を殺した理由にそれがしは察しがついておるぞ」

甚安がそう言うと、伝吉はぎょっとしたように甚安を見た。心なしか、ぼんやりしていた伝吉の眼が底光りしているようにも感じられる。

「いや、先生、後のことは我々にお任せ下され」

上遠野は慌てて制した。

「では上遠野殿にも察しがついているとおっしゃるのか」

「これから、おいおい調べを進めれば、いずれわかること」

「そうですかな。医者でもないのに」

「先生、犬猫を殺したことと、伝吉の肌には何か関わりがあるんですかい」

喜十は思わず口を挟んだ。上遠野は、しゃしゃり出るなという表情だったが、甚安は、さようと肯《うなず》いた。

「本当に、本当にお前がそんなひどいことをしたのかえ。何んてことだ。掛川屋さんの旦那《だんな》に顔向けできないじゃないか」

少し落ち着くと、おてつは声を震わせた。

伝吉は奥歯を嚙み締めて俯《うつむ》いた。

「上遠野殿は南町奉行の根岸《ねぎし》殿をもちろん、ご存じですな」

「はあ、よっく存じております」

根岸肥前守《ひぜんのかみ》は数々の事件を裁いて来た名奉行である。

「あの方の足のむくみを治療したことがきっかけで、それがしは親しく話をするようになりました。博識なお方で、医業に関わることも話して下さいます。これは尾張国《おわりのくに》のことでござるが、そこに勇猛な兄弟がおりましてな、盗賊の胴を真一文字に斬《き》り払ったのだそうでござる」

甚安の話は大雑把《おおざっぱ》なので、その兄弟というのが町人なのか武士なのか、喜十にはちょっとわからなかった。盗賊が倒れて、ほっと息をついだ拍子に兄弟のどちらかが、うっかり盗賊の腹を踏んでしまった。いや、ぱっくり開いた内臓に足がもぐり込んでしまったのだ。その瞬間、熱湯に足を浸したような心地がしたそうだ。その後、盗賊の内臓に触れた足だけは、終生、あかぎれになることはなかったという。人体の血や脂が薬効となった事例であると甚安は言った。

「伝吉、お前も野良猫の腹に足を踏み入れたのか」

上遠野は半信半疑の表情で訊いた。伝吉はごくりと固唾《かたず》を飲んで応えない。

「応えやがれ！」

銀助が脅す。

「先生、犬猫の内臓でも効果があるもんでしょうか」

喜十はおそるおそる訊いた。

「あったのでしょう。その証拠に伝吉の左足はよくなっておる。伝吉も効能を知っていた訳ではなく、最初はたまたま踏んづけてしまったのだと、それがしは考えまする。それで、二度、三度と犬猫を殺して試したのでござる」

ひえッ。喜十は声にならない声を洩《も》らす。

「先ほど、それがしが塗った薬で幾らか症状はよくなるはずだ。よくならずとも、伝吉、もはや無駄な殺生《せっしょう》はするな」

甚安は静かな声で言った。ぽろりと伝吉の眼から涙がこぼれ、乾いた頰を伝った。

「旦那、伝吉は自分のしたことを悔いておりやす。どうぞ、許してやっておくんなさい」

喜十は薄い頭を下げた。上遠野も短い吐息をついて、二度とするなよ、と釘《くぎ》を刺した。

ありがとうございます、恩に着ます、おてつが代わりに両手を合わせ、拝むような仕種《しぐさ》をしながら何度も礼を言った。

伝吉とおてつの診察料は手持ちの金では足りなかったが、甚安は、残りはいつでもよい、都合がつかなければ忘れても構わないと応えた。それには喜十もほっとしたものだ。

伝吉とおてつが大伝馬町に戻ると、銀助も野暮用があると言って、自身番に戻って行った。喜十は上遠野を自分の家に誘った。ようやく角樽の酒が飲めるというものだった。

「伝吉は治りますかねえ」

歩く道々、喜十が訊くと、上遠野は、ぶっきらぼうに、わからんと応えた。

「しかし、伝吉が犬猫を殺し、その腹に足を踏み入れる図はぞっとしねェ。目の前で見たら、わしでも卒倒しそうだ」

上遠野は恐ろしそうな表情で続ける。

「さいですね。どんな面《つら》をしてやったものか。普段はぼんやりしている奴《やつ》なんで、そんな思い切ったことをするとは意外でした」

「治りたい一心だったのだろう」

「そん時の伝吉の気持ちは鬼になっていたんですかねえ」

「鬼だと？」

「へい。うちの奴は人の気持ちの中には鬼がいると言ったことがありやすので、それを思い出しやしてね」

「お内儀の言う通りかも知れぬ。罪を犯した者はすべて、手前《てめ》ェの中の鬼が顔を出したのだろう。そう考えれば、人が罪を犯す理由に合点が行くというものだ」

「さいですね」

「わしらも気をつけよう」

上遠野は自分に言い聞かせるように言った。

晦日《みそか》近い空は月も見えない。ふと、捨吉のうたう、おたふく女郎粉引歌を思い出した。

〽女郎の誠と卵の四角、晦日晦日のよい月夜〜

喜十がひょうきんな表情でうたうと、上遠野は声を上げて笑った。その笑い声を聞いている内、喜十の中の鬱陶しいものは不思議に晴れて行くのだった。

再びの秋

一

また落ち葉の季節が巡って来た。浅草・田原町《たわらまち》二丁目で古手屋《ふるてや》の「日乃出屋《ひのでや》」を営む喜十《きじゅう》にとって、今年の秋は、ことさら感慨深いものがあった。

（もう、一年が経《た》ってしまった）

喜十は胸で独りごちる。去年の今頃、喜十は養子にした捨吉《すてきち》の兄貴が母親を殺し、自らも大川へ身を投げて死んだと知らされたのだ。赤ん坊の捨吉を日乃出屋の前に捨て子したのも、その兄貴だった。兄貴と言っても、それは長男のことで、下には次男と二人の妹達がいたという。喜十と女房のおそめの間には子がなかったので、きっと大事に育ててくれるだろうと兄貴が考えてのことだったと思う。そこには弟の将来を案じる兄貴の情愛が感じられる。

その通り、喜十はおそめの希望もあり、捨吉を養子に迎えた。

捨吉がどんな事情の家に生まれたのか、喜十はさほど頓着《とんちゃく》していなかった。おそめが喜んでいるのだから、それでいいと思ったのだ。生まれた子供を捨てるような親のことなど考える必要もないだろう。だが、それは安易な考えだった。喜十は、その内、いやでも捨吉の親きょうだいの事情と向き合わなければならなくなった。

とりわけ、十四歳で死んだ兄貴は不憫《ふびん》だ。最悪の事態を回避する方法もあったのではないかと今でも悔やまれる。父親が病で死に、残された母親は貝の剝《む》き身を拵《こしら》えて家族を養っていたという。兄貴もしじみ売りをして母親を助けていた。

表向きは健気《けなげ》な家族だっただろう。だが、母親が生まれたばかりの捨吉を捨て子しようと考えた辺りから、微妙に歯車が狂ってしまったようだ。兄貴はもちろん、何んとしても捨吉を育ててやろうと思っていたはずだ。それに対して母親は聞く耳を持たなかった。捨吉がいなくなれば、少しは気が楽になると思っていたのだろう。母親に対する不満がその頃から兄貴の胸の中で徐々に膨《ふく》らんで行ったのかも知れない。まだ十四歳の感じやすい少年だった。

兄貴は捨吉を日乃出屋の前に置き去りにしてから、二、三度、しじみ売りをするついでに様子を見に来た。細い身体《からだ》をしていたが、利発そうな表情をしている少年だった。もちろん、喜十は最初、その少年が捨吉の兄貴とは気づかなかったが、ある日、弟と一緒に日乃出屋で買い物をしたことから素性が割れた。

その時の喜十の気持ちは自分でも呆《あき》れるほど冷淡なものだった。正直、捨吉のきょうだいとは関わりたくなかった。

煩《わずら》わしさが先立ち、喜十は日乃出屋にもう来るなと釘《くぎ》を刺した。兄貴はそんな喜十を恨む様子もなく素直に従った。

それから兄貴と母親との間に何があったのかはわからない。だが、兄貴は激情に駆られ、母親の首を絞めて殺してしまったのだ。

喜十にとっても衝撃的な事件だった。兄貴が大川に身を投げたのは母親を殺して間もなくのことだろう。兄貴の遺骸《いがい》はそれからひと月後に大川で見つかった。

捨吉の命は兄貴の死によって購《あがな》われたものでもあるだろう。それを考えると喜十も複雑な思いがする。人の運はつくづくわからない。

田原町の通りには銀杏《いちょう》やもみじの落ち葉が早くも散っている。すっかり葉を落としてしまうまで喜十は毎日掃除に追われるのだ。

竹箒《たけぼうき》を動かしながら、喜十は詮《せん》のないことをあれこれ考える。考えたところでどうなるものではなかったが、やはり兄貴の早過ぎる死は忘れようにも忘れられなかった。毎年、落ち葉の季節には捨吉の兄貴のことを、ふと思い出しそうな気がした。

「たん（ちゃん）、まま！」

捨吉が朝めしの用意ができたと呼びに来た。屈託のない表情だ。茶色の袷《あわせ》の上に独楽《こ》や凧《たこ》の柄の入った袖《そで》なしを重ねている。袖なしには汚れが目立たないように黒八《くろはち》の襟が掛かっている。捨吉の恰好《かっこう》はすべておそめの好みだった。

捨吉の言葉遣いは日に日に達者になる。おそめがまめに話し掛けるせいだろう。同じ年頃の子供達より捨吉は、はっきりと喋《しゃべ》る。

そんな捨吉と話をするのも喜十の楽しみだった。

「おう、今行く。今朝のお菜は何んだ」

「なっと」

「それから?」

「めそしり（味噌汁《みそしる》）」

「味噌汁の実は何よ」

「たふ（豆腐）とあばらえ（油揚げ）」

「よく言えた。捨吉はお利口だ」

「お利口、お利口」

捨吉は上機嫌で自分で自分を褒《ほ》める。竹箒を片づけ、喜十は茶の間へ向かった。それから親子三人のささやかな朝めしが始まった。

「そろそろ冬物をお見世《みせ》に出したほうがよろしいですよ。朝夕はずい分、風が冷たくなりましたから。この様子では初雪も早くなりそうな気がしますよ」

おそめは朝めしの給仕をしながら、さり気なく仕事の話をする。日乃出屋は奉公人もおらず、夫婦で商売をしている見世だった。

「そうだな。朝めしを喰ったら、見世の品物を入れ換えることにするか」

「それがよろしゅうございます」

二人の話を聞きながら、捨吉は好物の納豆めしを頰張る。合間におそめがふうふう冷ました味噌汁を啜《すす》っていたが、ふと、首を伸ばして店座敷のほうを見た。

「捨吉、よそ見しないのよ。早くごはんをお上がりなさい。ほら、お箸《はし》の持ち方、気をつけて」

おそめはすぐに注意する。だが、捨吉はめし茶碗《ぢゃわん》を持ったまま、店座敷を見つめている。

「何が気になるのよ」

喜十が訊《き》くと、捨吉は、あんちゃん、いる、とぼそりと応《こた》える。その拍子に喜十のうなじがちりちりと痺《しび》れた。喜十は死んだ捨吉の兄貴が現れたものと思った。幼い子供は、時に大人に見えないものが見えるという。たまたま喜十もその朝、捨吉の兄貴のことを考えていたので、これは呼び込んでしまったのではないかと思った。寿命を全うせず、自害して果てた者の魂は永遠にさまようものだと聞いたこともある。

「どこのあんちゃんがいると言うの？」

おそめは喜十の思惑など意に介するふうもなく捨吉に訊く。

「よそのあんちゃん」

「表を通り掛かっただけでしょう」

おそめがそう言うと、捨吉は解《げ》せない表情だったが、すぐに朝めしを続けた。

食後の茶を飲み終えると、喜十は店座敷に戻り、おそめに言われたように冬物の品物を出し始めた。綿入れは嵩張《かさば》るので、棚に納めるのはひと苦労だ。人々の恰好もこれから綿入れのぼてぼてしたものになる。開け放した油障子から北風がすうすうと入り込む。

南風が北風に向きを変えると江戸は冬の季節となる。あれほど暑かった夏が過ぎ、やれやれよい気候になったと思ったのもつかの間、今度は凍えるような冬になるのだ。春と秋ばかりの国はこの世にないのだろうかと、喜十はつまらないことを考える。

ひと息ついて、ぼんやり外に眼を向ければ、通りには大八車《だいはちぐるま》を引いている人足らしいのやら、用事を言いつけられた商家の小僧やらが足早に通って行くのが暖簾《のれん》の隙間《すきま》から見える。棒手振《ぼてふ》りの魚屋や青物売りも触れ声を響かせながら通る。日乃出屋は浅草広小路を間近にしているので、往来する人々の数も多かった。ふと、籠《かご》を取りつけた背負子《しょいこ》を担《かつ》ぎ、ゆっくりと歩く前髪頭の少年に喜十は眼を留めた。筒袖の上着に袖なしを重ね、それを三尺帯で縛っている。下は灰色の股引《ももひき》に藁草履《わらぞうり》だった。少年の恰好は野良着《のらぎ》姿と言ってもいいだろう。商家が立ち並ぶ界隈《かいわい》でそんな恰好の少年を見るのも珍しい。背負子の籠には太い大根が二本ばかり入っている。百姓をしている家の倅《せがれ》が浅草まで出て来て、もの売りをしているのだろうか。それにしては品物の数が少ない。

怪訝《けげん》な思いはしたが、喜十はさほど気にせず、仕事を続けた。だが、しばらくすると少年は、反対側の方向からやって来て、日乃出屋の前をまた通った。さっきから行ったり来たりしている様子である。さすがに気になり、喜十は下駄《げた》を突っ掛けて外に出ると、おい、お前《め》ェ、何をしていると訊いた。

少年は驚いた顔になり、慌《あわ》てて横の小路へ逃げ込んだ。怪しい奴《やつ》である。喜十は少年が逃げ込んだ小路に眼をやり、じっと見つめた。

やがて、少年は顔を出し、通りの様子を窺《うかが》う。喜十は土間口に身を寄せ、こちらも様子を窺った。そのまま行ってしまえば追い掛けるつもりはなかったが、少年はまた日乃出屋に近づいた。暖簾の前に来たところで喜十は少年の腕をいきなり摑《つか》み、中へ引き入れた。

少年は「おいら、何もしてねェです。勘弁しておくんなさい」と悲鳴のような声を上げた。年の頃、十二、三の煤《すす》けた顔をしている少年だった。着ている物も間近で見ると垢《あか》じみている。

「何もしてねェなら、何んでうちの見世の前をうろちょろする。手前ェ、かっぱらいか？」

「違いやす。そんなんじゃありやせん」

少年は隙あらば逃げ出そうともがく。喜十はそうさせなかった。

「どうしたんですか」

おそめが騒ぎを聞きつけてやって来た。

捨吉も後からついて来て、じっと喜十と少年のやり取りを見ていた。

「こいつ、怪しい奴だ。見世の前を行ったり来たりして、様子を窺っていたのよ」

「おいら、怪しい者じゃありやせん。勘弁しておくんなさい」

少年は涙声になって謝りの言葉を繰り返した。

「あら、あなた……」

おそめはそう言った切り、絶句した。

「こいつを知っているのか」

喜十はおそめの顔を見た。おそめは何んとも言えない複雑な表情をしている。

「お前さん、覚えていないのですか。その子は捨吉の……」

おそめはそこまで言って言葉を濁した。

「し、新太か？」

喜十は捨吉の兄貴の名を出した。

「お前さん、落ち着いて。新太ちゃんは亡《な》くなっているのよ。その子は弟の……幸太ちゃんだったかしら」

少年はおそめに言われて、小さく肯《うなず》いた。

去年、一度見た切りの幸太の顔など、喜十はすっかり忘れていた。よく見ると女の子のように優しい顔立ちをしている。こんな顔をしていただろうかと訝《いぶか》しい思いがした。喜十とは反対におそめは捨吉の兄貴のことを覚えていたらしい。いや、捨吉も日乃出屋の前を行ったり来たりしていた幸太を、やけに気にしていた。それは血の繫《つな》がりがなせる業《わざ》なのだろうか。

「お前ェは本所の押上村の伯父さんの所に引き取られたんじゃねェのかい」

喜十はようやく落ち着いて、低い声で訊いた。幸太もおとなしくなったので、喜十は手を離した。

「へい」

「何んで浅草まで出て来た」

「何んでって……」

「逃げ出して来たのか？」

そう訊くと、幸太は黙り込んだ。図星だったようだ。

「向こうには二人の妹もいるだろう。お前ェが逃げ出したんじゃ、妹達が可哀想《かわいそう》だろうが。新太の代わりにお前ェがしっかりしなくてどうする」

喜十がそう続けると、幸太は返事の代わりにおいおいと泣き出した。

「泣いてら」

捨吉が小ばかにしたように吐き捨てた。これッ、とおそめが制した。

「お前さん、ひとまず中に入って貰《もら》って。話はそれからよ」

「しかし……」

喜十は迷った。小遣いを渡して押上村に帰したほうが面倒臭くなくていいと思っていたのだ。

「何か事情があるのよ。話だけでも聞いてあげて」

「わかった」

喜十は観念した。

茶の間に招じ入れ、お腹《なか》が減っていないかとおそめが訊くと、幸太はもじもじした。

「めしを喰わせてやれ」

喜十は先回りして言った。

幸太は相当に空腹だったらしく、ものも言わずめしにかぶりついた。その様子を捨吉は醒《さ》めた眼で眺めている。

「捨吉。この人はね、あなたのお兄さんなのよ」

おそめの言葉に、幸太の箸が止まり、喜十も、ぐっと喉《のど》が詰《つ》まった。捨吉はおそめと幸太を交互に見て、ちゃう（違う）と応える。

「違わないの。本当のことなの」

「おそめ、ここでその話をしなくてもいいだろうが」

喜十がそう言うと、おそめは「いいえ、幸太ちゃんが捨吉のお兄さんなのは紛《まぎ》れもないことですよ。ここでうそを言っても捨吉のためにならないと思います。会わなきゃ済んだことですけど、幸太ちゃんは捨吉を心配して訪ねて来てくれた。それを止めることは、あたしにはできない」と言った。

「だな」

喜十も仕方なく相槌《あいづち》を打った。幸太は慌てて残っためしを搔《か》き込み、味噌汁を啜《すす》った。それからげふっとおくびを洩《も》らすと、ごっそうさんでした、と礼を述べた。

「さて、話を聞こうか」

喜十が促すと、幸太は、おうめとおとめがいたなら、ここまでやって来なかった、と言った。おうめとおとめは二人の妹の名前なのだろう。

「どうした二人は」

「知らねェ。ある日、おいらが畑から戻ると、いなくなっていたんです」

喜十はおそめと顔を見合わせた。恐らくはよそに奉公に出されたか、悪く考えれば売られたのかも知れなかった。

「伯父さんは妹達のことを何んと言っていたのよ」

「口減らしのためによそへやったと言ってました」

「伯父さんの家には子供が多いのか？」

「上の姉さん二人は嫁に行ったが、他に倅が三人残っています。三人とも、おいらより年上です。おいらは伯父さんの家に行ってから、ずっと畑を手伝っておりやした」

「畑仕事は性《しょう》に合っていたか？」

そう訊くと、幸太は唇を噛《か》んで俯いた。

「苦労したのね」

おそめは気の毒そうに口を挟んだ。幸太は洟《はな》を啜り始めた。

「泣いてら」

また、捨吉が言う。

「兄貴をばかにするな」

喜十は厳しい声で叱《しか》った。

「お前は辛抱し切れずに伯父さんの家を飛び出したのか？」

喜十が続けると幸太はこくりと肯いた。

「でも、仕事は何んでも辛《つら》いものよ。大人になるまで辛抱するのも大切なことですよ」

おそめは諭《さと》すように言う。

「わかっておりやす。畑仕事で身体がきついのは我慢できやす。だけど、伯父さんと倅達は、おいらがドジをする度に殴ったり、蹴《け》ったりするんですよ。おいら、畜生じゃねェです」

「でも、幸太ちゃんは、二人の妹さんがいる内は我慢していたのね」

おそめが訊くと、幸太は、さいです、と応えた。どんなに辛くても妹達が傍にいれば、幸太は慰められたのだろう。その二人がいなくなり、幸太の気持ちの張りも失われてしまったらしい。

「これからどうするつもり？」

おそめは心配そうに訊く。わかりやせん、と幸太は低い声で応えた。

「でも、伯父さんの家では幸太ちゃんがいなくなって心配しているんじゃないかしら」

「んなことありやせん。文句があるなら、いつでも出て行けと言われていましたから」

「どうする、おそめ」

喜十は心細い表情でおそめに訊いた。

「さあ、あたしもどうしたらいいのかわかりませんけど、幸太ちゃんが落ち着くまで、うちに泊まって貰いましょうか」

「だな」

「いいんですか、旦那《だんな》さん、お内儀《かみ》さん」

幸太は眼を輝かせた。

「それで、二、三日したら、一度、幸太ちゃんを連れて向こうの様子を見に行ったらどうですか」

おそめがそう言うと、いやだ、おいら、死んでもあそこには戻りたくねェ、と幸太は興奮した声を上げた。殴られるのはたくさんだとも言う。

「幸太ちゃんの気持ちはわかりますよ。でもね、どうするもこうするも、伯父さんと話し合う必要があるんですよ。伯父さんは幸太ちゃんの身内なんですから」

幸太の表情はすぐに翳《かげ》った。もともと器用な子供ではなさそうなので、伯父やいとこ達がいらいらするのもわかるが、いちいち殴る蹴るは、やり過ぎである。おそめが言ったように向こうと話をする必要があった。向こうの出方次第で喜十は今後のことを考えようと思った。浅草広小路を縄張にする岡っ引きの銀助《ぎんすけ》や、近所の人間に相談すれば幸太の奉公先ぐらい見つかりそうな気がした。

普段はそういうことを煩わしいと考えてしまう喜十だが、ここで邪険に追い払えば、幸太は新太の二の舞になると思った。喜十は、ぐっと堪《こら》えて幸太のためにひと肌脱ぐ気になったのだ。

二

押上村は本所の大横川の東にある村である。

大横川を境に景色は鄙《ひな》びてくる。刈り取りを終えた田圃《たんぼ》には稲藁《いなわら》が所々に小山をなしていた。この稲藁が冬の間、百姓達の内職の元になる。草鞋《わらじ》や莚《むしろ》、注連《しめ》飾りに使われるのだ。

大名の下屋敷も建っているが、他はほとんど寺と田圃ばかりである。その中で霊山《れいざん》寺《じ》と、その隣りにある法恩寺《ほうおんじ》の威容が喜十の眼を惹《ひ》いた。

長い道中だった。吾妻橋《あずまばし》を渡り、本所に入ると、喜十は幸太と一緒に町家の通りを抜けた。幸太は大横川を渡れば押上村が近いと言ったが、どうしてどうして、そこからがひと歩きだった。

ようやく目指す百姓家に辿《たど》り着くと、男達は畑に出ていて留守だった。仕方なく二人は畑に向かった。

青物を植えた畝《うね》が長く伸びている畑で、背負子を担ぎ、山刀《やまがたな》のようなものを使って青物を収穫している男達の姿が点々と見えた。その男達の一人が目ざとく幸太に気づき、足早に近づいて来ると、いきなり幸太を殴ろうとした。

「やめなせェ。わっちは幸太を殴らせるために連れて来た訳じゃねェ」

喜十は十七、八と思《おぼ》しき若者をぎらりと睨《にら》んだ。その若者に比べたら十一歳の幸太が呆れるほど小さく見える。幸太は背丈があったので、もっと年が行っていると思ったが、聞いてみると、まだ十一歳だった。ということは、去年日乃出屋に来た時は十歳で、新太とは四つ違いの弟になる。捨吉とは八つ違いだ。

「誰のお蔭《かげ》でめしを喰っているんだ。勝手にトンズラしやがって、只《ただ》で済むと思っているのか」

しかし、冬の季節になったというのに、真っ黒に陽灼《ひや》けした若者は怯《ひる》まない。幸太は恐ろしさに喜十の後ろに隠れた。

「お前じゃ話にならん。親父《おやじ》さんを呼んで来い」

そう言うと、若者は喜十を睨んだが、すぐに畑の方を向いて「お父《ど》、お父！」と叫んだ。

頬被《ほおかぶ》りした男が、その拍子に顔を上げた。

その男も幸太に気づいたようで、背負子を下ろすと、存外、達者な足取りでやって来た。

「お前ェさんは、どなたさんで？」

無精髭《ぶしょうひげ》の目立つ五十がらみの男は怪訝な眼で訊いた。

「わっちは浅草の田原町で古手屋を営む喜十って者です。幸太の伯父さんですね」

「へえ、さようでごぜェやす」

慇懃《いんぎん》に応えるが、幸太に向けた眼には憎しみの色が感じられた。

「ちょいと幸太のことで相談したいことがありやしてね」

「したらば、幸太は今までお前ェさんの所にいたという訳でございやすか」

「そういうことです。亡くなった幸太の兄貴とは、ちょいと顔見知りでしたんで、幸太もわっちの見世を覚えていて、やって来たんですよ」

「それはそれは。こたらな所で立ち話も何んだで、家のほうに寄って貰うべえか」

男はそう言うと、倅達にひと足早く引けると大声で叫んだ。間に合わねェぞ、という不満そうな声が聞こえたが、男は気にせず、家に向かった。

囲炉裏が切ってある板の間に喜十は促された。野良仕事で手が回らないのか、板の間は埃《ほこり》でざらつき、壁際《かべぎわ》にふた棹《さお》並んでいる根来《ねごろ》塗りの戸棚も手垢で黒ずんでいた。家の裏手にある馬小屋から、時々、馬のいななきが聞こえた。

幸太の伯父は米吉《よねきち》という名だった。四十がらみの女房は喜十に茶を出すと、米吉の横に座った。米吉は新太が事件を起こしてから、自分がどれほど迷惑を蒙《こうむ》ったかを大袈裟《おおげさ》な口調で喋った。

「おまけに餓鬼どもを三人も押しつけられ、全く貧乏くじを引いたようなもんですだ」

「しかし、幸太の妹達は奉公先が見つかったんでげしょう？」

「養女に出しましたずら」

「ほう、どこへ？　この近所ですか」

喜十がそう訊くと、米吉と女房は、そっと顔を見合わせた。

「浅草のほうですら」

米吉は渋々という感じで応える。

「浅草のどこですか」

「んなこと、お前ェさんの知ったことでもねェでしょうが」

米吉は癇《かん》を立てた。悪い予感がした。きっと妹達は浅草ならぬ浅草田圃にある吉原《よしわら》に売られたかも知れない。そんな気がした。

そうと知っていれば、他に何か手立てもあったはずなのにと喜十は悔やんだ。しかし、喜十は平静を装《よそお》って話を続けた。

「まあ、それもそうですね。わっちが知ったところでどうなるものでもない。それで幸太のことは、この先、どうなさるおつもりなんで？」

「どうするもこうするもねェわな。この家にいる限りは畑仕事を手伝って貰わにゃなりやせん。只めしを喰わせるつもりはねェですから」

「幸太は毎度殴られるのが辛いと言っておりやした。まだ十一の餓鬼ですよ。そこをひとつ、考えちゃくれやせんかね」

「余計なことをぺらぺら喋りやがって、このう！」

米吉は立ち上がり、喜十の横に座っていた幸太の後ろ襟を摑んだ。

「やめなせェ！　やけに血の気が多い人達だ。そんなことをしていると、今に幸太は死んでしまいやすぜ」

喜十は脅すように言ったが、米吉は、それならいっそ、さっぱりするわな、と吐き捨てた。

「そうですかい。そういう了簡《りょうけん》なら、わっちもここへ幸太を置いて帰ることはできませんな」

「どうすると？」

「まあ、浅草の肝煎《きもい》りに相談して幸太の身の振り方を決めますよ」

「幸太を引き取るってことですかい」

「そうなりますな」

「そいじゃ、それなりに形をつけて貰いてェもんだ」

米吉は卑屈な笑みを洩らした。

「形をつけるとは？」

「そりゃ、今まで幸太に喰わせて来たんで、喰い扶持《ぶち》ぐらいは何して貰わねェば」

「幸太の妹達を売っただけじゃ収まりやせんかい？」

「何を！　どうするもこうするも、お前ェさんの指図は受けねェ」

米吉が声を荒らげると、三人の倅達がようやく戻って来て、喜十の周りを取り囲んだ。

皆、十七から二十歳前後の若者だった。

三人が束で掛かって来たなら、もちろん、喜十に勝ち目はない。喜十は微《かす》かな恐怖を感じたが、それに怯んでいては相手の思う壺《つぼ》だ。

喜十は、ぐっと臍《へそ》に力を込めた。

幸太は喜十の羽織の袖を摑んで震えていた。

「わっちは古手屋を商う傍《かたわ》ら、八丁堀の旦那の御用も引き受けているんですよ。お前ェさん達は気づいていないだろうが、幸太が邪険にされている噂《うわさ》は伝わっているんですぜ。こいつは本所見廻りのお役人がひそかに調べていたことだ」

「うそつけ！」

倅の一人が吼《ほ》えた。もちろん、喜十の話はうそだが、それぐらい言わなければ倅達は何をするかわからない。

「わっちがうそつきなら、姪《めい》っ子を売り飛ばしたお前ェさん達の親父さんは何んになるんで？」

「手前ェ、勝手なことをほざきやがって」

最初に喜十と話をした倅が詰め寄った。

「乱暴はやめなせェ」

「うるせェ。手前ェなんざ、肥溜《こえだ》めに落としてくれるわ」

「ほう、肥溜めと来ましたか。わっちの最期《さいご》が肥溜めというのは実に情けない話ですな。しかし、わっちは執念深い男ですから、死んだ後は祟《たた》りますよ。そうですな、七代は祟ってやりますよ。それぐらいしなきゃ、気持ちは収まりやせんからね。それに、ここへ来るのは女房にも、岡っ引きの親分にも言ってある。何かあったら、すぐにあんたらの仕業だとわかる。そうなったら、この家はお仕舞いだ。それでもいいと言うなら、やりなせェ。ひと思いに幸太ともども殺しなせェ！」

喜十は凄《すご》んだ。さすがに皆の気力は萎《な》えたようだ。勝手にしろ、と米吉は言った。

「さいですか。それではお暇《いとま》致しやす。幸太のことはわっちが責任を持ちやすので、どうぞご安心を」

喜十はそう言って腰を上げた。

外に出ると幸太は緊張が弛《ゆる》んだのか泣き出した。

「泣くな。男だろ？」

「旦那さんは怖くなかったんですかい」

幸太は涙声で訊く。

「そりゃあ、怖かったさ。親父はともかく、三人の伜達は今にも飛び掛かって来そうだったからな。しかし、存外、おとなしく引っ込んだものだ」

「旦那さんが祟ってやると言ったからですよ。あの家は昔、畑を手伝っていた男衆《おとこし》が自害したことがあるんです。伯父さんに苛《いじ》められたせいです。それから、あまりいいことは起こらなかったみてェです。小火《ぼや》が出たり、嫁に行った姉さんの子供が死んだりして」

「肥溜めに放り込むぞと大口を叩《たた》いたくせに祟りを恐れるのか。笑っちまう話だ」

「ほんとですね。でも、旦那さんがおいらを庇《かば》ってくれたのはありがたかった」

幸太はしみじみと言う。喜十はそう言われて面映《おもは》ゆい気持ちだった。

「腹が空《す》いたな。蕎麦《そば》でもたぐるか」

「いいんですかい。お内儀さんに叱られやしませんかい」

「お前に喰わせたと言えば、文句は言わねェよ。何しろ幸太は捨吉の兄貴だからな」

「大事に育てて貰って、すてはいい果報者だ」

「これからお前も果報者になるようがんばるんだぜ」

そう言うと、幸太は、旦那さんと会えたから、もう果報者です、と応える。喜十は、その言葉に、思わず涙ぐみそうになった。

三

「お前ェがこれほどお人好《ひとよ》しだったとは気がつかなかったぜ」

北町奉行所隠密廻《おんみつまわ》り同心の上遠野平蔵《かとのへいぞう》は皮肉な口調で言った。幸太が日乃出屋にいるようになって間もなくの夜、上遠野は日乃出屋に立ち寄った。内々の御用でもあったらしく、上遠野は行商人の出《い》で立ちだった。隠密廻りは、時に変装して聞き込みをすることもある。

上遠野は縞《しま》の着物を尻端折《しりっぱしょ》りし、下に紺の股引を穿《は》いていた。着物と対《つい》になった羽織を重ね、菅笠《すげがさ》も被っている。それに小さな行李《こうり》を風呂敷《ふろしき》で包んだものを担げば、同心と窺わせるものは微塵《みじん》もなくなる。

時刻はそろそろ五つ（午後八時頃）になろうとしていた。上遠野は捨吉の相手をする幸太を見て、小僧を雇ったのかと訊いた。

いえ、実はこれこれ、こうですと喜十が説明すると、呆れたような小ばかにしたような表情になって、お人好しだと言ったのだ。

喜十の気持ちなど何も考えていない言い方に、むっとなったが、世間の人間は、だいたい上遠野と同じようなことを考えるだろうと思い直し、へいへいと照れ笑いにごまかした。

茶の間で幸太が捨吉に寝間着を着せていた。

ふざける捨吉に幸太は兄貴らしく、こら、じっとしていろと叱る。幸太は捨吉に対して、最初から遠慮するふうがなかった。実の兄貴だから当たり前と言えば当たり前の話だが、二人を見ていると喜十は不思議な気持ちがした。商家の小僧は仕える主《あるじ》の子供には、どんな無体な振る舞いをされても、じっと我慢しているものだ。だが、幸太にはそれがない。

捨吉を叱る時も喜十とおそめの顔色を窺うことなく叱った。おそめは、あたしの出番がなくなりましたよ、と苦笑交じりに言っていた。

「それで、このまま、あの幸太という餓鬼を見世に置くのか？」

上遠野はおそめが気を利《き》かせて出してくれた酒を口に運びながら訊く。

「どこか奉公する所があれば、そっちに行かせてェと思っておりやす。旦那に心当たりはござんせんか」

「ない」

間髪を容《い》れず上遠野は応える。喜十は鼻白んだ。

「古手屋の仕事を仕込めばいいじゃねェか。今のお前ェにそれぐらいの器量はあるだろう」

上遠野は当然のように続ける。いやいやでも引き取ったからには、それぐらいは覚悟の上だろうという言い方だった。

「しかし、一人前にするまでは算盤《そろばん》を習わせたり、手習所へ通わせなきゃなりやせん。一人前にして元を取るまでがてェへんですよ」

「なあにお前ェならできる。ついでだ、後に残った妹達も引き取ったらどうだ？この見世は賑《にぎ》やかになるぜ」

相変わらず勝手なことばかり言う男である。

「二人の妹は売られたみてェですよ。もはや手の打ちようもありやせん」

喜十は醒めた眼で上遠野を見ながら応えた。

「なに、売られたとな。あの伯父貴は三人を引き取る時、可愛《かわい》い弟の子供達だから大事に育てると言ったんだぜ。松倉町《まつくらちょう》の町役人は、そんな伯父貴にぐっと来て、少ないながら町費から銭を渡したんだ。それが一年も経たずに売るとは呆れた男だ」

本所の松倉町は幸太の家族が住んでいた場所である。

「人間なんてそんなもんですよ。あの伯父って男にわっちも会いましたが、勘定高けェ男でしたよ。幸太を引き取る時だって、今までの喰い扶持を用意しろとほざいたんですから」

そう言うと上遠野はいまいまし気《げ》に唇を噛んだ。

「幸太がおなごだったら、とっくに売られていたでしょう」

喜十はため息交じりに続けた。

「どこに売られたのだ？」

上遠野は二人の妹のことをやけに気にする。

それは上遠野にも同じ年頃の娘がいるせいかも知れなかった。

「わかりやせん。浅草だと言っておりやしたが、詳しく訊《たず》ねると怒り出しましてね。取りつく島もありやせんでした」

「吉原か」

「それもわかりやせん。表向きは養女に出したと言っておりやしたが」

「きょうだいには、もう一人、娘がいたんだ。幸太の姉になるのかのう。その娘も母親に売られているのよ。育てられなくて娘を売るのか、売るために娘を育てるのか、おれは訳がわからねェ」

「貧乏てのは切ねェもんですね」

喜十がそう言うと、上遠野は湯呑《ゆのみ》に残った酒をひと息で飲み干し、邪魔をした、と言って腰を上げた。

「お気をつけてお帰り下せェ」

喜十は見世の外まで出て上遠野を見送った。

今夜は特に上遠野から用事を言いつけられなかったので、喜十は内心でほっとしていた。

「旦那さん、おいらも休ませていただきやす」

寝間着に着替えた幸太が挨拶《あいさつ》に来た。

「ご苦労。ゆっくり休め」

「今夜、すてはおいらと一緒に寝るそうです」

幸太は嬉《うれ》しそうに言う。

「寝小便、引っ掛けられるなよ」

「大丈夫です。夜中に起こして厠《かわや》に連れて行きますから」

「そうか」

「そいじゃ……」

幸太はぺこりと頭を下げて引き上げた。その背中を見ながら、喜十は、どうしたものだろうと思案する。むろん、幸太の今後のことだ。素直な性格だが、何かあるとすぐに泣く。掃除をさせても手際が悪い。その調子では、よそに奉公しても兄貴分の奉公人に苛められるだけだろう。かと言って、自分の所へ置くとなれば、それなりのことをしてやらなければならない。着る物は商売柄何んとかなるが、米の量だって増える。おまけに算盤、手習いが加わるとすれば掛かりは相当な額になる。押上村で幸太の伯父に派手な啖呵《たんか》を切った割には、早くも喜十は後悔していた。

だいたい、幸太がやって来なければ済んだ話である。事情を知らなければ喜十も首を突っ込むことはなかった。上遠野が言ったように自分はお人好しでおめでたい男だったのだ。

「上遠野様はお帰りになったのですか」

捨吉を寝かせて、おそめはようやくひと息ついたのだろう。店座敷にやって来て声を掛けた。

「ああ」

「お見送りもしないでご無礼してしまいました」

「なに、旦那は気にしていないさ」

「何か面倒な御用でも引き受けたんですか。難しいお顔をしていますよ」

おそめは盆に上遠野が使った湯呑やら、つまみの入っていた小皿やらを載《の》せながら言う。

「いや、幸太のことをどうしたらいいものかと考えていたんだ」

「気が重いのですか」

「うちに置けば、それなりに掛かりが増えると思ってな」

「商家の小僧さんは手代に直るまで給金はなしですよ。食べさせて、お仕着せを与え、後は藪入《やぶい》りの時の小遣いぐらいだそうですね」

「しかし、算盤とか手習いをさせるのは主の掛かりとなる」

「それが悩みの種ですか？」

「そうだろうが。うちは小僧を雇うほど実入りのある商売をしていねェよ」

「見世の売り上げを伸ばせばよろしいじゃないですか」

「簡単に言うない」

「一日に一刻《いっとき》（約二時間）ほどお客様の所を廻ったらどうですか。これからの世の中、じっとお客様を待っているだけじゃ駄目ですよ。こちらから出かけて攻《せ》めなきゃ」

おそめは豪気に言った。喜十は驚いておそめの顔をじっと見つめた。

「幸太を引き取るつもりがあるのか」

「いけない？」

「…………」

「きょうだいが離ればなれになるのは辛いものですよ。捨吉を見る幸太ちゃんの顔は、とっても倖《しあわ》せそうに見えるの。せめて二人だけでも一緒にして置きたいのよ。それにあの子、亡くなった新太ちゃんのことは何も喋らない。心に深い傷を負っているのよ。そんな幸太ちゃんをよそへやりたくないの」

おそめは余計な思いを振り払ったような表情で続けた。

「養子にするってか？」

「そこまで言ってませんよ。表向きは日乃出屋の小僧でいいじゃありませんか」

「そうか」

「食べるものは辛抱すれば何んとかなりますよ。算盤や手習いは先のことを考えたら、やらせたほうがいいですね。でも、それだって何年も続く訳じゃない。ほんの三年ぐらいでいいのじゃないかしら。その間だけお前さんががんばってくれたら、後は幸太ちゃんが日乃出屋に尽くしてくれると思うの」

「尽くさなかったら？」

「それはそれで仕方のないことよ。お前さん、あまり難しく考えないで。何んとかなりますから」

おそめは本気なのか、喜十を励ますつもりなのか、何んとかなるを繰り返す。おそめにそう言われると、本当に何んとかなりそうな気がした。

「大根二本で小僧一人を押しつけられちまったな」

幸太は土産代わりに携えた大根をあの日、おそめに差し出している。大根おろしはうまかったが。

これから忙しくなると喜十は思った。おそめと二人きりで静かに暮らして来た日々が、今では夢のように思われた。

翌朝、うちの見世の小僧にする、と言うと、幸太は嬉しさのあまり泣き出した。横で捨吉が、また泣く、と苦々しい表情になったのが可笑《おか》しかった。

四

それから上遠野は、ぱたりと日乃出屋に姿を見せなくなった。暮が近づいて来るにつれ、金に詰まった者が夜逃げしたり、悪くすれば一家心中を起こしたりする。特に大晦日《おおみそか》は商家に掛け取りの金が一斉に集まるので、それを狙《ねら》って押し込み強盗の一味は今からそろそろと動き出す。押し込みの首領は引き込みなる者をそれとなく商家に忍び込ませている。

引き込みは夜半に仲間がやって来ると、中からそっと鍵《かぎ》を開ける。何年も奉公して主やお内儀を信用させ、事件の後に姿を消すのだ。姿が消えてからようやく、あれが引き込みだったのかと気づくありさまだった。それほど押し込みの一味は用意周到だった。隠密同心は事件を未然に防ぐためにも、引き込みと思しき者が、どこかで仲間と繋ぎをつけていないかと眼を光らせるのだ。

上遠野もそうした事件の探索に追われているものと、喜十はさして気にしていなかった。

町内の見廻りで岡っ引きの銀助が日乃出屋に立ち寄った時も上遠野は一緒でなかった。

「近頃、上遠野の旦那はお忙しそうですね。さっぱりお見えになりませんよ」

店座敷の縁に腰を掛けた銀助に喜十はそう言った。

「旦那は近頃、吉原に詰めていなさる」

おそめが運んで来た茶を飲みながら銀助はぽつりと応えた。

「吉原？」

「ああ。人捜しだそうだ。七、八歳の娘が売られたらしいが、ちゃんとした手続きを踏んだものかどうかを調べるとおっしゃっていたぜ」
七、八歳の娘と聞いて、喜十は幸太の妹達のことだと、ピンと来た。
「まともな手続きじゃなかったらどうなるんで？」

喜十はぐっと首を伸ばして銀助に訊いた。

「そりゃあ、引き取って町名主と相談の上、身の振り方を決めるだろうさ。幾ら吉原がお上のお許しを得た女郎屋の集まりでも、まだ小《ちい》せェ娘っ子がみすみす女郎になるのを旦那方だって黙って見ていねェよ。中にはさらわれて連れて行かれた娘もいるからよ」

「親分。もしかして旦那が捜している娘は、うちの捨吉の姉かも知れやせんよ」

「何んだって！」

銀助は驚いた顔で喜十の顔をまじまじと見た。

「ほれ、この間からうちの見世に小僧を置いていますでしょう？　実は捨吉の兄貴なんですよ」

「そうだったのけェ。おれはまた、捨吉の子守りに雇ったのかと思っていたのよ」

「これには色々訳がありやして」

「しかし、一番上の倅《せがれ》が母親を殺して自害してから、残されたきょうでェは、てて親の兄貴の所に引き取られたんじゃねェのかい」

銀助も当時の事情はよく覚えている。

「引き取られてはいたんですがね。しかし、二人の娘は伯父貴に売られ、残った次男坊も向こうでひどい扱いをされていたんですよ。たまたま、幸太という次男坊がわっちの所に逃げ込んで来て事情がわかったんですよ。わっちは見過ごすことができなくて、仕方なくうちへ置くことにしましたが」

「災難だったなあ」

銀助は気の毒そうに言う。いつもは人の気持ちを考えない銀助のもの言いに、むっとなるのだが、その時は、自分にとって確かに災難だったと喜十も思った。幸太に罪はないことだが。

「で、ここだけの話ですが、もちろん、上遠野の旦那が捨吉の姉達を捜して、身の振り方を考えてやりてェと思っていなさるのはありがてェですよ。ですが、その身の振り方がわっちの見世に引き取らせることだとしたら、正直、迷惑なんですよ」

「まさか旦那はそこまでしねェだろう」

「いや、幸太を引き取ったんだから、ついでに娘達も引き取ったらどうかとおっしゃっていましたぜ。賑やかになっていいだろうってね」

「………」

銀助が口を噤《つぐ》んだのは、あながち喜十の言ったことが大袈裟なものではなかったからだろう。上遠野はそれぐらいする男だ。

「捨吉を養子にする時だって、わっちは及び腰だったんですぜ。うちの奴がどうしてもと縋《すが》るし、旦那もそれがいいとおっしゃった。親分だって諸手《もろて》を挙げて賛成したはずじゃねェですか」

「ま、まあな……」

「その後に面倒臭ェ事情がわらわらと起きて、わっちはこんなことになるなら捨吉を養子にしなきゃよかったと悔やむこともありますよ」

「お前ェの気持ちはわかるぜ。おれがその立場だったら悲鳴が出るわな」

「ですから」

喜十は言葉に力を込めた。これ以上、捨吉のきょうだいは引き取れないと。

「わかった。それとなく旦那の気持ちを聞いてみる。もしも日乃出屋に任せるとおっしゃった時は、それはねェでしょうと言ってやるから安心しな」

「頼みますよ」

銀助の約束が当てにできるかどうかわからなかったが、喜十はとり敢えず、自分の気持ちを伝えたので、少しほっとした。

「娘っ子達が見つからなきゃいいな。そうすりゃ悩みの種もなくなるしよ」

だが、銀助がそう言った時、喜十の胸の中でもう一人の自分が、それは違うだろうと呟《つぶや》く声が聞こえた。捨吉の姉達が苦界《くがい》に身を沈めるのを黙って見ていたくはない。ちゃんとした所の養女にして貰うか、奉公させたいのだ。そこは銀助に伝わらなかったらしい。

銀助の考えと微妙に喰い違うものを感じたが、喜十はそれ以上、何も言わなかった。言えば、またしても面倒を引っ被ることになりそうだった。

銀助が帰ると、おそめは幸太と捨吉を連れて買い物に行って来ると言った。

「ああ、行って来い」

気軽に応《こた》えたが、おそめの表情は硬かった。

怒っているようにも見える。

「親分との話を聞いていたのかい」

そう訊《き》くと、ええ、と肯く。

「それでおもしろくない顔をしていたのか」

「お前さんは冷たい人ですね」

おそめは喜十の視線を避けて言う。

「何が冷たい」

「捨吉のきょうだいの事情は仕方がないじゃないですか。吉原に売られた娘を黙って見ているつもりですか。これから何十年も辛い目に遭うというのに」

「まだ吉原に売られたと決まっちゃいねェ。だが、仮にそうだとしても、吉原に売られる娘はごまんといるわな。お前は吉原に女郎が何人いると思っている。大見世、中見世、小見世、河岸《かし》女郎も入れたら二千人、いや三千人もいるんだぜ。その一人びとりに情けを掛けたら身が持たねェよ」

「でも捨吉のお姉ちゃんぐらい助けたいですよ」

「姉達も一緒に引き取れってか？」

喜十は眼を剝《む》いた。

「それはお前さんが決めることで、あたしは何も言えませんよ」

「しかし、お前はわっちを冷たい人だと言ったじゃねェか。よしよし、ついでだ、捨吉の姉ちゃんもここへ連れて来て、皆んなでなかよく暮らそうと言えば満足なのか？考えてものを喋《しゃべ》りやがれ。わっちがそこまでする義理がどこにある。もう、たくさんだ」

「何がたくさんなんですか」

おそめはようやく喜十と眼を合わせた。

「お前のご苦労なしの考えがよ」

そう言うと、おそめは前垂れで顔を覆《おお》い泣き出した。幸太と捨吉が間仕切りの暖簾《のれん》の傍でそっと様子を窺《うかが》っていた。

「たん、ああか（ばか）。おかしゃん泣かすな」

捨吉はおそめに加勢する。幸太は、やめろ、とすぐに制した。

「旦那さん、すみません。迷惑ばかり掛けて」

幸太は涙を溜めた眼をして謝った。

「お前のせいじゃねェよ。わっちは大人の勝手なやり方に腹が立っているんだ」

「一番悪いのはうちのおっ母《か》さんです。おっ母さんがしっかりしていれば、こんなことにならなかったんです」

「済んだことは言うな。文句を言ったところでおっ母さんは死んじまっているんだ。頼みの新太も死んだ。先がどうなるかは、わっちだってわからねェ。いいか。うちの見世《みせ》が大店《おおだな》だったら、お前のきょうだいが何人いようが引き受けるさ。だが、お前も知っての通り、うちは古着の掠《かす》りで喰っている見世だ。できることとできねェことがある。わっちは自信がねェことは言いたくねェのよ」

「わかっております、わかっております」

言いながら幸太はほろほろと泣く。泣くな、ざまたれ！　捨吉は豪気に吼《ほ》えた。いつもはそんな捨吉に笑ってしまうのだが、その時は、笑う気にもなれなかった。

「とり敢《あ》えず、買い物に行きましょう」

おそめは、ぐすっと水洟を啜《すす》って言った。

(何んだかなあ)

三人が出て行くと、喜十は胸で呟いた。自分が三人にとんでもない意地悪をしたように思えたからだ。そうは思っても、情に流されては暮らして行けない。喜十は自分の考えを改めるつもりはなかった。それが人として冷たいと言うのなら、確かに自分は冷たい男に違いなかった。おっ母さん、わっちは間違っているか? 喜十は亡《な》き母親に胸の内でそっと問い掛けた。応えはなかったが。

五

買い物から戻って来た三人は気が晴れたらしく、いつもの表情に戻っていた。喜十も入れ替わりに外へ出ることにした。外の空気を吸わなければ息が詰まりそうだった。喜十は浅草広小路を抜け、花川戸町《はなかわどちょう》の小路にある「あやめ」という小料理屋へ向かった。

そこは上遠野も時々使う見世だった。

時刻が早いせいで、まだ暖簾は出していなかったが、喜十は油障子を開けて中に入った。

「すんません。まだ見世は開けてねェんですが」

案の定、板場から亭主の声が聞こえた。

「大将、肴《さかな》は何もいらねェから、酒だけ一杯飲ませてくれ」

喜十がそう言うと、四十がらみの亭主は傍にやって来て、日乃出屋の旦那じゃねェですか、と存外愛想のいい表情になった。

「気がくさくさして、一杯やりたくなったんですよ」

「ようがす。座っておくんなさい。もう小半刻（約三十分）もすりゃ、肴も用意できやすんで」

助五郎《すけごろう》という名の亭王は飯台の前の腰掛けに促した。そこへ座ると、助五郎は喜十の目の前に受け皿を下にした白い湯呑を置き、片口丼《かたくちどんぶり》からなみなみと酒を注いだ。

「お珍しいですね、こんな時刻に」

助五郎はそんなことを言う。まだ時刻は七つ（午後四時頃）前だったろう。

「飲まずにいられない訳でもありやしたかい」

助五郎は悪戯《いたずら》っぽい表情で続ける。背丈は低いが、がっちりした体格は変わっていない。丸い眼と丸い鼻に愛嬌《あいきょう》があるが、いざとなったら結構、腕っぷしが強いと上遠野に聞いたことがあった。

「ああ、おおありだ」

「まあ、生きてりゃ、色々ありますがね」

助五郎はそう言って、喜十に背を向け、客に出す料理の仕込みを続けた。醬油《しょうゆ》だしのいい匂《にお》いがする。今夜の突き出しは卯《う》の花《はな》（おから）か、それともきんぴらごぼうだろうか。

ふわりと酔いが回るにつれ、喜十のとげとげした気持ちも自然に和らぐような気がした。

しばらくすると、助五郎はできたての卯の花を小丼に入れて出してくれた。

「できたてほやほやだね。まだ湯気が上がっているよ」

喜十は嬉しい顔で言う。

「味はどうですかね。うちは酒飲み相手なんで、ちょいと辛めに拵《こしら》えておりやす」

「うん、うまい」

ひと口食べて、喜十は応えた。甘みを抑えた味が酒とよく合う。卯の花を肴に二杯目の酒を飲んでいると、油障子が開き、別の客が入って来た。客は喜十の横に、そっと座った。

ちらりと見て、ぎょっとした。上遠野だった。上遠野は以前と同じで行商人の恰好《かっこう》をしていた。

「小僧を雇ったんで、昼酒をかっ喰らう余裕もできたようだな」

上遠野は皮肉な口調で言う。あやめで飲んでいた喜十に勘が働いて立ち寄ったのだろうか。そんなところは、さすがに隠密廻りの同心である。

「旦那こそ、まだ陽は高けェですよ」

喜十も軽口で応酬《おうしゅう》した。

「なに、もはや夕方だ。親仁《おやじ》、おれにも酒をくれ。冷やでいい」

上遠野は板場に声を掛ける。助五郎は振り向いて、へいと笑顔で応えた。

酒が運ばれて来ると、上遠野は首を伸ばしひと口啜り、ああ、うめェと独り言のように言った。

「押上村にいた二人の娘の行方は知れたが、上の十二、三になる姉の行方はどうしてもわからねェ。居所を知っている母親は死んじまってるし、間に入った女衒《ぜげん》だか口入《くちい》れ屋《や》（周旋業）だかの手懸かりもつかめねェ。これは江戸の外に連れて行かれたかも知れねェな。そうなるとおれ達でも札《ふだ》の切りようがねェ」

上遠野は喜十に構わず話を続けた。喜十は黙っていた。下手に相槌《あいづち》を打ったり、口を挟んだりすれば、面倒臭いことになると思った。

「押上村の伯父貴は娘二人を預ける代わり、二両を受け取ったそうだ。一人二両じゃねェ。二人で二両よ。だが、女郎屋じゃなくて、湯屋だったのが不幸中の幸いだった。亀《かめ》の湯《ゆ》という湯屋の主は二両用意すれば娘達を返してもいいと言っている。どうだ？」

「どうだとおっしゃられても、わっちは何んと応えていいかわかりやせんよ」

喜十はようやく応えた。上遠野は、まだ銀助と会っていないようだ。だから上遠野は勝手に話を進めているのだろう。

「捨吉の姉達のためにひと肌脱ぐ気にならんか」

上遠野は喜十の顔色を窺って言う。

「ご冗談を」

ぴしゃりと言った喜十に、上遠野は、つかの間言葉に窮した。そんな返答があるとは思ってもいなかったらしい。甘い男だ。

「不憫《ふびん》とは思わぬのか」

上遠野は低い声で言った。喜十の弱みを衝《つ》く言い方にも腹が立つ。

「そりゃあ、不憫だと思いやす」

「だったら……」

「わっちがそこまでする義理はありませんよ。不憫だからって人の子供を三人も四人も引き取る奴《やつ》がどこの世界におりますか。旦那も考えておっしゃって下さいよ」

「何を！」

「同情なさっていなさるんなら、旦那が引き取ったらいいんですよ」

「おれは曲りなりにも武士だ。町家の娘を養女にはできぬ」

「理屈をおっしゃるところはお武家さんですね」

「喜十、意地悪するな。これ、この通り、頼む」

上遠野は頭を下げた。今まで、さんざん、上遠野の無理は聞いて来たが、この度だけは承服できなかった。犬猫を貰《もら》うのとは違う。人の子供を育てるのには、それなりの覚悟がいる。喜十はそれを考えるから簡単に返事ができないのだ。

「申し訳ありませんが、このお話は聞かなかったことに致しやす。大将、勘定してくれ」

喜十は腰掛けから立ち上がると助五郎に声を掛けた。勘定を済ませると、上遠野は「お前が不承知でも、おれは娘達を日乃出屋に連れて行くからな。お内儀はきっと優しく迎えてくれるはずだ」と怒鳴るように言った。喜十は黙って上遠野を睨んだ。どこまで勝手な男なのだろうと思った。

しかし、それまで口を挟まなかった助五郎が、旦那、ごり押しはいけやせんぜ、日乃出屋の旦那が困っていなさるじゃねェですか、と助け船を出してくれた。

「ごり押しではない。両親もいない子供達の道の立つように考えているだけだ」

「中途半端に話を聞いておりやしたんで、間違っているかも知れやせんが、旦那は日乃出屋の旦那に二両出させた上、娘達が一人前になるまで面倒を見させるつもりですかい」

そう訊かれると、上遠野は黙った。図星である。助五郎は呆《あき》れたようにため息をつき、「じゃあ、旦那も娘達のために何かなさっていただけるんですかい」と続けた。

「そ、それは無事に成長するまで見守るつもりだ」

「見守るってのはつまり、習い事をする掛かりを持つとか、着る物、穿く物の面倒を見るってことですかい」

「着る物は古手屋《ふるてや》をしているなら何んとでもなるはずだ」

上遠野は苦しい言い訳をする。助五郎はそんな上遠野に「面倒を他人に押しつけて、旦那《だんな》は安心したいだけなんじゃねェですかい」と言った。

おっしゃる通り。喜十は危うく相槌を打つところだった。結局、上遠野は、こすっからい男に過ぎないのだ。しかし、こんな話をしていても埒《らち》は明かない。捨吉の姉達の問題は宙に浮いたままである。喜十は帰るに帰られず、突っ立っていた。上遠野の出方を確かめる必要もあった。

「うちは娘が一人だけで、他に子供はおりやせん。嬶《かか》ァは大層な難産の末に娘を産みやして、産婆《さんば》から、もう子供は諦《あきら》めたほうがいいと言われたんですよ。娘はきょうでェをほしがっておりやすので、うちでよかったら引き取りやすよ。年頃になれば見世を手伝ってくれるだろうし。ただ、二両を出すとなると、こっちは頭を抱えますよ。そんな大金の持ち合わせはござんせんので」

助五郎は意外なことを言い出した。

「本気なのかい、大将」

喜十は思わず訊いた。

「うそを言ってどうなりやす」

「そういうことなら、わっちが二両を用立てるよ。地獄に仏とはこのことだ」

喜十は意気込んで言った。助五郎はその拍子に二、三度眼をしばたたいた。お先走って、そんなことを言い出さなくてもいいのに、という表情だった。喜十もすぐにそれに気づいた。半分の一両でも上遠野に負わせるべきだった。しかし、もう遅い。上遠野はそしらぬ顔で酒を飲むばかりだった。

「大将、それじゃ、後のことは旦那と相談してくれ。話がついたら、わっちも顔を出すことにするよ」

「いいんですかい、これで」

助五郎は上遠野をちらりと見ながら訊く。

「いいんだ。わっちは金も出さずに口ばかり出す男じゃない」

きっぱりと言った喜十に、助五郎は、よッ、と景気をつけた。その拍子に上遠野は飲んだ酒がおかしなところに入ったらしく、盛んに咽《むせ》んだ。いい気味だったが、結局、またしても喜十は損な役を引き受ける羽目となった。


日乃出屋に戻っておそめと幸太にその話をすると、二人は嬉し涙をこぼして喜んだ。

「でも旦那さん、二両も出さなきゃなりませんよ」

幸太は心配した。

「いいんだ、幸太。後で妹達のことで悔やまなくていいなら二両は安いもんだ。ただし、わっちは金持ちじゃねェ。幸太、働いてその金を返してくれよな」

「まあ、恩に着せて」

おそめは詰《なじ》るように言う。

「旦那は、一文も出すとはおっしゃらなかったんだぜ。それに比べりゃ、わっちがそのぐらい言ってもいいじゃねェか。幸太、なに冗談だよ。まともに取らなくていいぜ」

喜十は取り繕った。

「いいえ。旦那さんのご恩は一生忘れません。おいらは一生懸命働いて、その金を返します。おうめとおとめの家が花川戸町になるなら、会いに行けますよね。二人もすてのことは気にしていましたから、きっと喜ぶと思います」

幸太は夜が明けたような表情で笑った。

「捨吉、よかったわねえ。これからはお姉ちゃんにも会えるのよ」

そう言われて、捨吉は姉の姿をきょろきょろ探す。

「慌《あわ》てるな。その内にやって来るわな」

幸太は諭す。喜十は太い吐息をついた。これで気懸りはすべて片づいたのだろうか。いや、もう一人の姉娘の行方がまだ知れていない。

見つかった時は、近所の知り合いに声を掛けて落ち着き先を探そうと思った。何も彼《か》も自分が引き受けるのには無理があるが、手分けしてやれば何んとかなる。

喜十はようやく死んだ新太の気持ちに応えることができたと思った。

「幸太、お前ェに姉ちゃんもいるんだよな。名前は？」

「おてるです」

「おいらと同じで泣き虫です」

「おてるちゃんか」

「そうか。今頃、幸太に会いたい、おうめとおとめに会いたいと泣いているかも知れねェな」

そう言うと幸太は涙ぐむ。

「心配すんな。上遠野の旦那の尻を引っ叩いて必ずおてるちゃんを捜して貰うから」

それぐらい上遠野に恩を着せても構わないだろう。

「ささ、ごはんにしましょうね。今夜は湯豆腐ですよ」

おそめは笑顔で言う。浅草・田原町界隈《かいわい》は寒さも厳しくなる一方だ。湯豆腐を食べるにはふさわしい夜になった。

翌日、喜十が外に出ている間に上遠野は日乃出屋を訪れ、おそめに一両を渡して行ったという。痛み分けということだろうか。とことん知らぬ顔の半兵衛《はんべえ》を決め込めなかったのだろう。旦那もいいところがあると喜十は思った。だから今までつき合って来られたのかも知れない。これでまた、二人一緒にうまい酒が飲めるというものである。冬の季節にも拘《かかわ》らず、喜十の気持ちは存外、暖かく満たされていた。

参考書目

根岸鎮衛『耳袋2』鈴木棠三編注（平凡社ライブラリー）
氏家幹人『江戸の病』（講談社選書メチエ）
野口武彦『大江戸曲者列伝——太平の巻』（新潮新書）

解説

末《すえ》國《くに》善《よし》己《み》

現代でも、古い着物を親から子へ、さらに孫へ伝えているとの話を聞くことがある。絹や木綿が貴重だった江戸時代は、まさに着物は相続に値する財産で、破れても継ぎをあてて使っていた。庶民には新品の着物は高嶺《たかね》の花で、古手屋（古着屋）で買うのが一般的だった。大切な着物を売りたい人と、買いたい人を繋《つな》ぐのが古手屋であり、人生がクロスするだけに、そこには悲喜こもごもの人間ドラマが生まれやすい。

その意味で、市《し》井《せい》人情ものの名手として知られる宇江佐真理が、古手屋を舞台にした『古手屋喜十　為《し》事《ごと》覚え』を書いたのは、必然だったといえるだろう。本書『雪まろげ』は、待望のシリーズ第二弾である。

浅草田原町で古手屋・日乃出屋を営む喜十と女房のおそめは、子供のいない少し訳ありの夫婦。日乃出屋は、変装して江戸市中を見まわる北町奉行所隠密廻《おんみつまわ》り同心の上《か》遠野《との》平蔵が、衣装を借りる拠点にしている。上遠野が持ち込む事件を、喜十が嫌な顔をしながらも手伝い、何とか解決しようと奔走するのが物語の基本となる。

古手屋で着替えをする隠密廻りがいたかは分からないが、盗品が持ち込まれることもある古手屋は、質屋や古道具屋などと共に奉行所との関係が深かった。古手屋に出入りする隠密廻り同心という設定は、こうした史実を参考にしたように思える。

前作の最終話「糸桜」は、日乃出屋に赤ん坊の捨吉が捨てられる事件が描かれた。本書の第一話「落ち葉踏み締める」は、赤ん坊を捨てた家族の事情に迫っている。

次第に明らかになるのは、坂道を転げ落ちるように追い詰められていく家族の悲劇である。その悲惨な現実は目を背けたくなるほどリアルだが、歯車が一つ狂えば、現代でもこの家族のようになる可能性はあるので、決して他人事《ひとごと》とは思えない。ささやかな幸福を望んだ家族の夢が、いとも簡単に踏みにじられる展開に触れると、否応《いやおう》なく不幸の原因となる貧困と、どのように向き合うべきかを考えさせられる。

国学者の平田篤胤《あつたね》は、山中にある幽界に迷い込み、そこで杉山僧正の従者をしていたという寅吉《とらきち》から詳しく事情を聞き、それを『仙境異聞』にまとめた。この本については、発表当時から、篤胤が自分に都合のいい話だけを寅吉にさせたとの批判もあったが、篤胤は幽界の存在を信じていたようだ。表題作の「雪まろげ」は、この事件をモデルにしている。効果のない偽薬を売る薬種屋の調査をしていた上遠野は、その過程で幽界に行ったと語る若者を知り、話の真偽も追うことになる。あってもなくても実生活には関係のない幽界が、偽薬を売る商人がいる恐ろしい現実を片隅に追いやる構図は、ブームに乗ると大切なことを忘れがちになる日本人への皮肉に思えた。

喧嘩《けんか》沙《ざ》汰《た》を起こしてしょっ引かれた男が、分不相応なまでに高直な紅唐桟《べにとうざん》の紙入れを持っていた。「紅唐桟」は、拾ったという男の証言が信じられない上遠野から紙入れの持ち主を探して欲しいと頼まれた喜十の、足を使った捜査が描かれる。

折しも、おそめが伯父の見舞いに行くため、日乃出屋を留守にした。男手一つで捨吉の世話をすることになった喜十のイクメンぶりも読みどころだが、これは夫婦で店を切り盛りしているのに、家事や子育てはおそめに押し付けていた現実を暴《あば》くことにもなっている。家事と子育てをしながら作家活動をした著者だけに、ここには、家事や子育てを手伝うという男の言葉は信用できないとの本音もかいま見える。

「落ち葉踏み締める」が貧しい人たちの不幸を描いたとするなら、「紅唐桟」は、それとは反対側にいる人間が抱える空虚に迫った作品である。社会の両極に存在する〝地獄〟を、ごく普通の常識を持った生活者である喜十が遍歴する構図は、人にとって幸福とは何かを問うテーマを際立《きわだ》たせているのである。

「こぎん」は、古手屋をしている喜十に相応《ふさわ》しい事件が描かれている。安行寺の本堂の下で、殺された疑惑も残る身元不明の男の死体が見つかった。男の正体を調べる手掛かりは、妙な縫い取りがある半纏《はんてん》のような上着だけだが、その出所は古手屋の喜十にも分からなかった。そこで喜十は、上着を店の前に置き、事情を知っている人が現れるのを待つことにする。やがて白日のもとにさらされるのは、妙な縫い取りが誕生した裏側に、無能なお上が庶民の生活を破壊した哀《かな》しい歴史があったという事実である。さらに著者は、大都市を繁栄させるために地方を切り捨てる現代と変わらない状況が、江戸時代にもあったことを指摘する。これは生まれ育った函館から、江戸を書き続けた著者らしい視点といえるかもしれない。

左耳の傍に瘤《こぶ》がある母親と、重い皮膚病ゆえに肌に負担が少ない古い浴衣《ゆかた》が欲しいという息子が日乃出屋を訪れる「鬼」は、アトピー性皮膚炎を思わせる症状に苦しむ若者を描いており、花粉症などアレルギーに悩む人には特に共感が大きいだろう。

著者は、身近な病気を題材に、人間なら誰もが心の奥底に抱えている〝闇《やみ》〟の存在を浮かび上がらせており、終盤には背筋が凍る恐怖を感じるのではないだろうか。

そして最終話「再びの秋」では、喜十とおそめが、再び捨吉を捨てた家族と向き合うことになる。本書は基本的に一話完結だが、捨吉の成長と、懸命に子育てをする喜十夫婦を描く長編としての骨格もある。捨吉と喜十夫婦は赤の他人だが、三人は実の親子以上の絆《きずな》で結ばれている。一方で、捨吉の家族は、不幸に不幸が重なったこともあるが、血縁関係にありながらバラバラになってしまった。

日本人は、血の繋がりが家族の要件と考えがちだが、このようなしがらみがあるからこそ、〝血縁だから分かりあえる〟と安易に考え、家族の中で起きるドメスティックバイオレンスや幼児虐待《ぎゃくたい》の被害が見逃されがちになっている側面も否定できない。もともと他人だった喜十とおそめが夫婦になり、そこへ養子に入った捨吉が、共に家族として成長していく物語は、家族の本質が何かを改めて考えて欲しいという著者のメッセージだったように思えてならない。

宇江佐真理は、二〇一五年十一月七日に乳癌《にゅうがん》のために亡《な》くなった。まだ六十六歳の早すぎる死だった。捨吉の成長など今後が気になるところもあるが、残念ながら〈古手屋喜十　為事覚え〉シリーズの続編が書かれることはない。だが、わずか二冊ながら、厳しくも心温まる物語は、今後も世代を超えて読み継がれていくことだろう。

（二〇一六年三月、文芸評論家）

この作品は平成二十五年十月新潮社より刊行された。

雪《ゆき》まろげ

古手屋喜十　為事覚え

新潮文庫　う－14－7

平成二十八年五月一日発行

著者　宇《う》江《え》佐《ざ》真《ま》理《り》

発行者　佐藤隆信

発行所　株式会社新潮社

郵便番号　一六二―八七一一
東京都新宿区矢来町七一
電話　編集部(〇三)三二六六―五四四〇
読者係(〇三)三二六六―五一一一
http://www.shinchosha.co.jp

価格はカバーに表示してあります。

印刷・大日本印刷株式会社　製本・株式会社植木製本所

ISBN978-4-10-119927-6 C0193